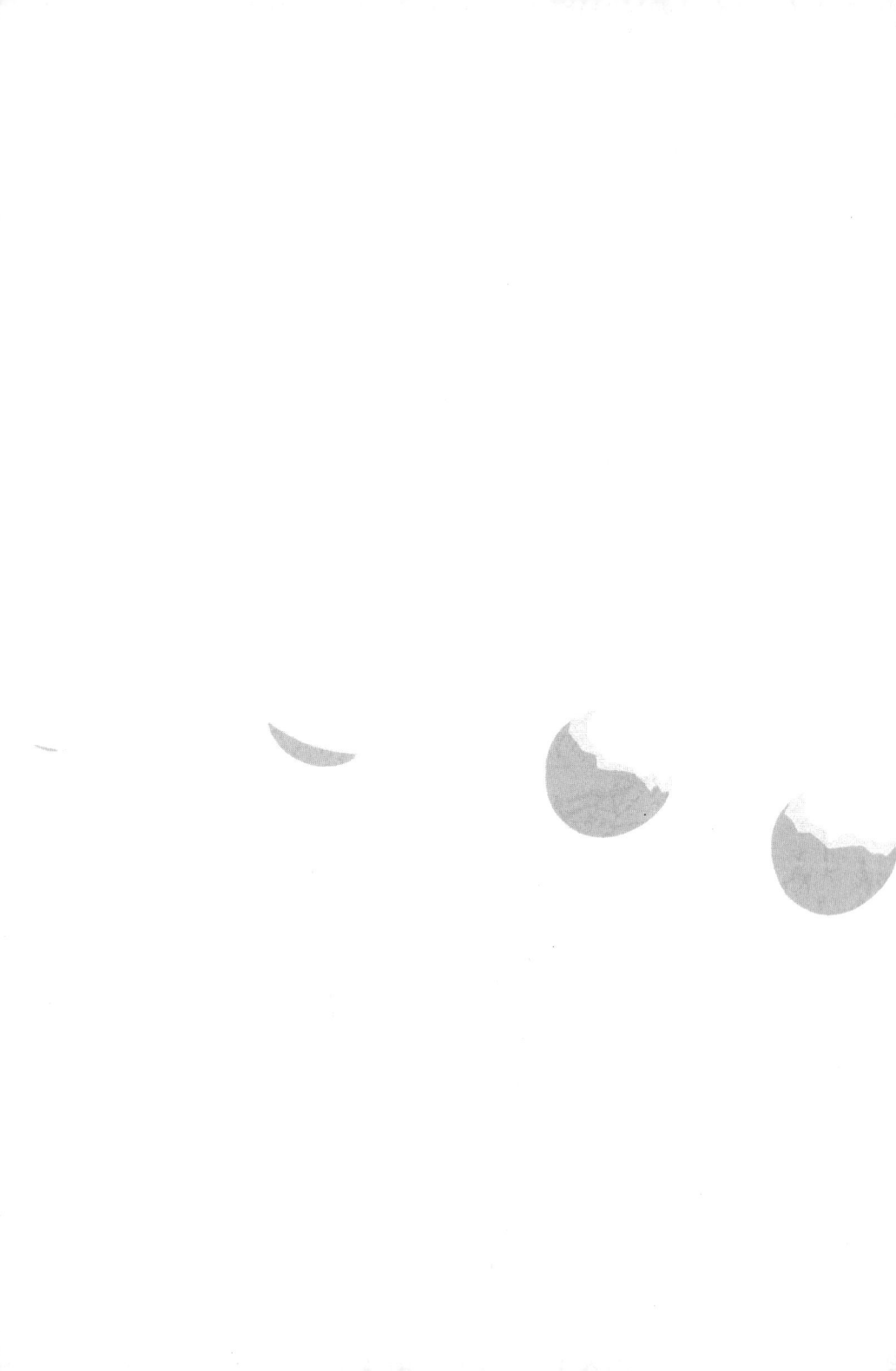

유리체를 통과하다

실천시선 199

유리체를 통과하다

2012년 4월 25일 1판 1쇄 찍음
2012년 4월 30일 1판 1쇄 펴냄

지은이   고형렬
펴낸이   손택수
주간   이명원
편집   이상현, 이호석, 박준
디자인   풍영욱
관리 · 영업 김태일, 이용희, 김가영

펴낸곳   (주)실천문학
등록   10-1221호(1995.10.26.)
주소   우121-839, 서울시 마포구 서교동 478-3 동궁빌딩 501호
전화   322-2161~5
팩스   322-2166
홈페이지   www.silcheon.com

ⓒ 고형렬, 2012

ISBN 978-89-392-2199-4 03810

이 도서의 국립중앙도서관 출판시도서목록(CIP)은
e-CIP홈페이지(http://www.nl.go.kr/ecip)와
국가자료공동목록시스템(http://www.nl.go.kr/
kolisnet)에서 이용하실 수 있습니다.
(CIP제어번호:CIP2012001941)

실천시선

199

유리체를 통과하다

고형렬

실천문학사

차례

별   11

안경   12

그녀의 가운 1   13

어느 날 아침 갑자기,   14

우리나라 새   15

장님 천재   16

연금된 한 시인의 반성   17

거미, 눈이 멀다   18

거세(去勢)의 시간   19

결사적인 생애   20

지구의 중심   21

더러운 물고기들의 옷   22

고층빌딩 밑에서 농담을   23

악어에 대한 상상   24

지구, 한 컵의 물   25

나는 계단에서 웃을 수 있다?   26

개기월식 1   28

한 고층빌딩의 영지(靈地)   29

십자못과 십자드라이버의 노래 30

시 31

고도 1 32

기초생활수급권자의 빗방울 33

나목(裸木)을 보는 순간 34

나무망치로 그의 머리를 35

태양을 쳐다보는 관찰 36

한 남자의 메뚜기 37

나의 침실에서 38

테헤란로의 겨울 39

형광안저촬영실에서 40

흰 변기의 여자 41

원자로의 나라에서 42

사랑의 섬을 위하여 43

하나하나의 잎들처럼 44

한 번씩 도시로 나갔다가 46

육식(肉食)의 밤 47

성욕을 나누는 자들의 반대자 48

편집위원회　　　　　　　　　　　49

역사의 순환선에 서서　　　　　　50

불면증　　　　　　　　　　　　　52

반년의 지옥　　　　　　　　　　　53

아름다운 물고기　　　　　　　　　54

은빛투명전자볼펜의 도시　　　　　55

이미 책장이 바스러지는 책의 가을　56

밤과 낮　　　　　　　　　　　　　58

다른 나라의 광화문 사거리에서　　59

눈 오는 산수병풍　　　　　　　　60

렌즈 속으로 도망치는 시인　　　　61

마음의 0시 6분　　　　　　　　　62

새벽 APT　　　　　　　　　　　64

산신령　　　　　　　　　　　　　65

아, 인생 뜬구름　　　　　　　　　66

또 한 번의 밑바닥의 밑바닥에서　67

한 켤레 구두　　　　　　　　　　68

그 산　　　　　　　　　　　　　70

고도 2　　　　　　　　　　　　　71

거대한 사진기　　　　　　　　　　72

마지막 손가락 하나　　　　　　　　73

필라테스 링　　　　　　　　　　　74

나에게 눈길 한번 줘봐요　　　　　　75

빗소리　　　　　　　　　　　　　76

K의 비밀　　　　　　　　　　　　77

흰 엉덩이의 여자　　　　　　　　　78

피임 사회　　　　　　　　　　　　79

철제 의자　　　　　　　　　　　　80

그 남자 집 단풍나무는　　　　　　　81

여자에게 돌아가지 않는다　　　　　　82

늑대와 함께한 순간의 기억　　　　　　83

토마토 사랑법　　　　　　　　　　84

손의 존재　　　　　　　　　　　　85

유리체를 통과하다　　　　　　　　　86

사슴의 뿔을 자르다 1　　　　　　　87

비가 그치다　　　　　　　　　　　88

돌려받은 시계　　　　　　　　　　90

시인의 사업　　　　　　　　　　　91

무명 장님 시인의 꿈 92

연금(軟禁) 생활자의 책 93

단풍옷 한 벌 94

젠장, 자유란 이런 것 95

장마 속의 푸른곰팡이 96

인간적인, 전기의 문제 97

제국 도시의 밤 98

황금박쥐가 부패를 막는다 99

부서지는 명태 대가리 100

카메라 101

통화(通化) 시편 102

북극 103

풀쐐기 104

비명 지르는 북두칠성 106

그믐밤의 장님 107

밤, 화신백화점 앞에서 108

문 닫히는 소리, 쾅 109

사슴의 뿔을 자르다 2 110

엄좌나무의 그날 아침 111

크리스마스 리스　　　　　　　　　　　　112

지독하게 춥고 우울한 날　　　　　　　　113

신성한 코끼리　　　　　　　　　　　　114

죽음 밖에서　　　　　　　　　　　　　115

마지막 도시의 창상(創傷)　　　　　　　116

또, 설악산　　　　　　　　　　　　　　117

시간을 본다　　　　　　　　　　　　　118

혼돈의 신이 찾아오다　　　　　　　　　119

뒤란에 눈 오는군　　　　　　　　　　　120

아 어쩐지, 프란츠 카프카의 성(城)　　　121

그의 잠지를 잡고　　　　　　　　　　　122

개기월식 2　　　　　　　　　　　　　123

그녀의 가운 2　　　　　　　　　　　　124

평면의 지옥　　　　　　　　　　　　　125

하하하, 바보 달밤　　　　　　　　　　126

발문 황현산　　　　　　　　　　　　　129

시인의 말　　　　　　　　　　　　　　135

별

똑같이 생긴 영겁의 울음들을 걸어놓고
반짝이는 우주의 망각의 눈물바다
도시가 쫓아내고 시인의 망막이 뚫린
영겁의 시간을 파동 치는 언어의 광속 속에
지구인도 동행한다
사실은 미안한 일이다, 저 천체의 별들이
인간을 위한 별이 아니므로.

암흑의 파멸의 빛다발로 구성된 별
퀘이사에서 오는 빛들의 죽음이 도착하는
우주의 유리창을 직접 관통하는
입자 파동의 난센스,
다시 주워 담을 수 없는 찰나의 메타포
슬픔의 빛들만 실체로 마당에 쌓인다,
언제나 별은 하늘에 남아 울고 있을 뿐.

안경

외출해서 열차를 타고 가다
안경을 쓰지 않았다는 것을 알았다
어디다 정신을 팔고 사는지,
그 후 가방 속에다 안경을 하나 넣고 다닌다

안경을 찾아놓고 렌즈를 닦는다
침실에 안경 하나, 거실에 안경 하나
책상에 안경 하나, 외출용 안경 하나
뿔테 안경 하나, 금테 안경 하나
또 스페어 독일산 항공 소재 안경 하나
가방 속에 안경 하나, 주머니 속에 안경 하나
근시, 난시, 원시 나의 불구의 시력들
일곱 개의 안경이 매일 안개를 찾는다
시보다 저 안경들이 오래 남겠다

그녀의 가운 1

가운 상의가 바람에 펄럭인다
앞 가운 하의도 바람에 돌아간다
데코 빨래 건조대에서.
가운 속의 가느다란 철사 옷걸이
살굿빛 체크무늬의 일생이다,
단추가 열린 그녀의 가운은 작아
철사 옷걸이는 흰 칠이 벗겨져
목에 핏빛 녹물이 들었다,
누구의 삶에도 있는 난조(亂調)처럼
파동도 입자도 아니면 어때,
바람을 하늘에 안내하는 햇살이.
오늘은 암 병동 나이트,
함께 캄캄한 밤을 같이 건너갈
오후의 춥고 우울한 적란운 아래
그녀 작은 간호복은 말라간다

어느 날 아침 갑자기,

고종사촌이란 얼마나 먼 곳일까
내가 그곳까지 갈 수 있으리라곤 상상 못 했죠
태양에서 쿵, 쿵 망치 소리가 났어요
일일 일 회 자전 지점에서 한두 번씩 울린다

실제의 사자후는 주변을 통제시킨다
나는 집에서 주로 태양 저 멀리 납작한 유두 같은
풀잎들을 관찰하고 살고 있죠,
그 지문으로 눌러놓은 것 같은 풀잎들 말이죠
무엇으로 산다는 건 또 무언가를 잊는 것
그게 아무리 작은 것이라도 중심이죠

그 나노, 나 풀잎, 입자의 빛 너, 파동의 잎파랑치
먼 고종사촌이 먼 현장의 꿈을 찍은 셈이죠
그곳엔 난해하고 껄끄러운 고종사촌이 있어요
지구엔 기이한 인생도 다 있지요

우리나라 새

공포의 세상에 왔다가 아무것도 아는 것 없이
바람이 부는 나뭇가지 애채 위에 서서
한 번,
인사하고 포르릉 날아간다
이 새도 구차하지 않고 연민을 보이지 않는다

저 새는 분명 정지용 씨의 산새는 아니다
무시무시한 육체의 상처와 기억을 내장한 채
깃털 흩날리는 마지막 비명
현재 불황은 옛 상황보다 항상 위독하기 마련
생보다 밝고 아프고 더 생적인
죽음의 아침 햇살이,
다 해진 날개 밑의 바닥을 비춰준다
어떤 새도 사진 기록과 보고서를 남기지 않는

너희를 누가 꿰매놓은 것일까

장님 천재

장님들은 언제나 존재한다
공황과 위험 사회엔 늘 조궤*가 숨어 있다
그 밀봉은 해체 전엔 뜯어지지 않는다
천재들은 쓸쓸하고 멀리 있다
마른 떡의 곰팡이로 끼니를 때우는 자들,
타자들의 꿈으로 죽는 허구의 이름들
어이구, 허구 외의 꿈으로 무엇이 남아 있나
언제나 예감이 멍든 눈두덩이 자화상들
대부분 대표는 기억에서 사라지기 마련,
진짜 장님 천재의 언어는 없고
눈 뜬 봉사들만 떠드는 잡지의 나라에서
왜 끔찍한 데옥시리보 핵산의 혓바닥에다
너의 입술을 대려 하는가
장님들의 해마 속에서 슬픈 꿈을 찍는다
저 도시의 누덕진 이 육체로.

---

* 조궤(弔詭)는 난해, 화두의 뜻으로 장자가 사용한 말.

연금된 한 시인의 반성

아까운 청춘 시절에 이런 작품밖에 쓰지 못했다
썩 가지고 나가게, 보기도 싫다
그런데 불가사의해, 매일 반성하고 조율했는데
왜 이것밖에 되지 않는 것이지,

다시 80년대 초의 신인 시절로 돌아가고 싶다
다시 그 시대로 되돌려줄 수 없을까, 나의 언어와 청춘을
그리고 나의 시의 필연들을, 첫 시구를

왜 이 모양밖에 안되죠, 나는 죽고 싶다
더 먼 곳으로 데리고 가서 망각하게 하고 싶다
저토록 아프고 아까운 시간들이 있었는데
나는 어떻게 이 모양이죠, 정말 알 수 없는 일.

거미, 눈이 멀다

데코의 외등이 뺨을 찢는다
그 바깥쪽으로 모기와 나방들이 날아간다
익충(翼蟲)들이 빛을 따라 날아간 것에 대한
절망이 아니라,
처마 속의 거미들이 먹고살 일이 없어졌다는
공포가, 주제 밖의 주제이다
이 별실의 주제는 나를 소외하고 눈 감게 한다

거미의 나는 어둠 속에 걸려 있다, 이웃집을
기웃거린다, 나는 하늘을 보고 마지막 눕는다,
검은 독의 등이 땅을 밀치며 굶어 죽는다
자신들의 허공에 걸린 채,
익충들이 알을 쏘아붙인 입구 저쪽
검은 대기 속, 눈부시게 쏟아지는 빛 아래
반짝이는 미친 유충들의 날갯짓

거세(去勢)의 시간

거세의 시간이 찾아왔다
섹스의 간청과 허락된 심층
끔찍한 성욕의 함정 속에서
허우적이던 나는 너를 너는 나를
서로 걸친 죽음의 침대에서
서로 떠받치던 기억 속에서
풀 길 없는 데옥시리보 핵산의
나선형 사다리 위에서
미래의 울음을 데리고
시간은 광속으로 빠져나간다
베틀에 올려 육체를 다시 짜며
한눈에 성욕을 풀고 삼킨
너와 나의 녹슨 저 거울 속
눈발이 날리는 저녁이다

결사적인 생애
―풀

풀이 나오는 마당은 목이 간지럽다
풀이 나오는 마당은 비늘이 넘친다
풀이 나오는 마당은 물이 건너간다
마당은 누워 있는 젊은 여자들의 풀
그래서 풀이 나오는 마당은
나의 손을 잡고 손바닥을 비벼댄다
손바닥에서 추운 불꽃이 피어난다
풀이 죽는 마당은 눈이 흩날린다
풀이 나오는 마당은 다시 책을 쓴다
마당에 나오는 풀들의 꿈은 사라진다
검은 풀들은 녹색을 반사하고
대신 풀들은 자신의 생을 맞바꾼다
풀밭에서 그녀를 부르는 목이 쉰다

지구의 중심

—무사(無事)의 길에서

오후엔 할 일이 없었다

모든 일과를 오전에 마쳤기 때문이다

이건 문득인데, 집 아래의 지구의 중심이 궁금했다

지구의 중심을 걱정하는 것은 쓸데없는 일이다?

하지만 아무 할 일이 없어서 생각하는 것은

어쩔 수 없는 일이다,

마그마가 태양처럼 부글부글 끓고 있을 지구 중심

묘한 매력과 방심을 자극하는 내부 공간

지구의 중심까지 날아가려면 얼마의 시간이 소요될까

서울에서 베트남 거리쯤 될까,

시속 600킬로미터로 날아 들어가도

열 시간은 걸릴 테지

지구 중심에 가까이 다가가면서 뜨거워질 것이다

나는 결국 중심 바깥에서 증발되고 말 것이다

지구의 중심을 생각하는 것은 정말 쓸데없는 일이다

아래 중심에 지구의 종말이 있지 않을까

오후엔 내내 일이 없었다

더러운 물고기들의 옷

더러운 물에 각종 물고기들이 살고 있다
물고기들은 더러운 옷을 걸쳤다
더러운 옷 속에 더러운 피부가 드러났다
더러운 지느러미를 흔들며
더러운 수초 사이를 누워서 지나간다
그 다리 건너 인간의 도시가 있다
햇살도 하수종말처리장으로 들어오면,
졸사간에 염라대왕도 죽는 일몰
이것을 자살이라 표현할 수 있다
이곳엔 더럽지 않은 것이라곤 없다
오직 더러운 것들만 들어온다
오래전 물고기의 눈들은 썩어들어갔다
곰팡이의 비늘은 너덜거리고
도시의 배수로 끝에서 끊어지는 오후의
물소리와 광선이 번쩍, 분노한다
더러운 물고기들은 옷을 벗을 수가 없다

고층빌딩 밑에서 농담을

가지 않는 시간, 돌아오지 않는 망각
도시의 빛은 고층빌딩 밑으로 유혹과 방황을 계속한다
늘 그 자리에 여자는 밀담을 받아간다
쿵, 거대한 시간이 부리고 가는 죽음의 부푼 유방(乳房)
노역을 풀고, 고통을 놓고 잠시만 소유를 허락한
쾌락, 정오를 알리는 시그널 속에 우리는 그래도 하나
도시에 세 개의 바늘이 겹치는 12시는 없다
허무만이 고층빌딩의 배경이 되는 고도의 시간
높다, 캄캄한 어둠의 수직은, 거식증에 걸린 텅 빈 공포
처럼
눈부신 빛을 창이 반사하는 한낮의 눈먼 도시
어느 시대나 어느 세대나 모두 저 구시대로 사라져간다
방사능만 훨훨 영겁의 유희를 계속하는
고층빌딩의 도시는 찬 공기를 물고 구름을 건너뛴다
밀담을 받아간 여자는 돌아오지 않는다

악어에 대한 상상

턱은 항상 얼굴뼈에 걸려 있는 돌이다,
만져본다, 태초의 시간이 얼굴에 걸어놓은 뼈를.
잎자루 같은 뼈가 두개골의 얼굴 속에 둥글게 내려와
너의 얼굴의 윤곽을 잡아준 턱뼈,
너는 비명을 지를 때 그 턱뼈를 아래로 내려뜨리며
위로 올라가지 못하는 인중 속의 뼈로 으르렁댄다
누가 너의 턱을 굵은 실로 꿰맸을까,
웃음이 터져 나오는 비통과 분노와 절망과 생존.
턱이 악어의 주어로서, 턱은 슬픈 감각의 영구치.
악어의 발바닥으로 얼굴을 만진다,
고갈되는 늪, 악어의 가뭄은 대체 누구의 나인가.

지구, 한 컵의 물

하루해를 보내고 돌아와서
투명하고 첨언 없는 물 한 컵을 그로부터 받는다
그는 손도 없이 내 앞에 서 있다
내가 밟고 하루를 다니는 그 땅에서 올라온 물
설계도 도모도 없다, 선도 긋지 않았지만 다만
하루해를 보냈다는 대가로 받는
나의 물이다
몫은 너무나 작은 것,
다만 고갈되어가는 영혼의 목만 잠시 축이는 것
하지만 모든 인간이 한순간에 마시는 신성한 물
두려움에 떨면서 나는 컵을 든다, 물이 컵을 깰까,
고개 숙여 나는 천천히 마신다
순간 아득한 곳까지 가는 것이 불가함을 깨닫는다
그래서 문득 한 컵의 물을 들고
나는 물의 나가 된다
너무 먼 도시를 돌아서 온 이 한 컵의 꿈의 물은
절망의 맨 끝, 앞에 서서 간다.

나는 계단에서 웃을 수 있다?*
—경복궁 2층 시강(詩講)을 가며

그 후, 불쾌해서 이곳을 지나갈 수가 없다
나는 어디서부터 막히기 시작한 것일까
언제부터 사람들 귀에 들리지 않게 됐을까
이 도시는 아이들을 어떻게 교육시킨 것일까
손이 머리보다 먼저 허공을 받쳐 올렸다
그 손은 빈 도자기의 고배(苦杯)로 떠 있다
표어가 구두 옆에서 야비다리를 친다
나는 도시를 철저하게 인식하지 못했다
가장 짐승적인 것을 영구히 감춰버린 까닭
전 역에서 다음 역까지 내리지 못한다
후각은 환승하고 못 잊을 불쾌감을 경험한다
오늘은 무엇을 가르쳐야 할까,
다시 올라가는 아침 계단에서 웃을 수 없다
오장을 토할 듯 입을 막고 뛰어나간다
인간의 탈을 즉시 바꿔 쓴 직립의 새들이
건너편 승강장으로 날아가기 시작한다

27

개기월식 1
—알 길 없는 분노 속에서

여자의 얼굴에 지구의 그림자가 지나간다
여자는 가만히 공중에 서 있다
여자는 하루도 늙지 않는다
유리의 얼굴은 천공의 그늘도 없는 궤도를 떠돌면서
벗어나지 않는다, 자신의 하늘 궤도를
여자는 너무나 잘 알고 있다

너의 얼굴을 이 지구의 첫 아침에 끌고 내려온다
얼굴을 씻겨준다, 머리채를 묶고 지구의 물로
얼마나 바람을 찾아다녔으면 이리 상했을까,
일야(日夜)가 돌아오지만 무서운 속도로
지구는 자전한다, 상한 얼굴을 성형수술 하고
옷을 입힌 뒤, 한쪽 손으로 네 유방을 만져주며,

나는 캄캄한 밤길로 너를 다시 돌려보낸다
월식 후, 멀리서 개가 짖는다

28

한 고층빌딩의 영지(靈地)

미안한 일은 아니다
이 차선에 아무도 발을 들여놓지 못하게 해도.

그들은 애인*들이 아니다, 기술경쟁사회에서
이런 말을 들어본 적이 없다
모든 것이 실용이고 정의이고 조직이어야 하는 도시에선.
현대 시인들의 꿈은,
언제나 헛된 꽃의 날갯짓으로 떨어지는 것
입문을 허락지 않는다, 그 어떤 선도 그리움도.

하얀 책 속 홀수 페이지에서 언어들만
자신의 길을 혼자 걸어간다,

---

* 사람을 사랑한다는 '애인(愛人)'이란 말은 묵자(墨子)가 처음 사용하였다.

십자못과 십자드라이버의 노래
―고등식물과 함께

새 각목에 탕, 탕 못을 치던 날엔
온 나무 속의 나이테가 마음에 새 물결을 쳤다
십자못 대가리에 십자드라이버의 입술을 물려 돌린다
뿌지직, 아픈 소리를 내며 나무는 찢어진다
십자못의 나사산만큼 독존(獨存)을 허락하고
끙, 나를 받아들인다
나는 신음하고 나사못은 이 목질 속으로 파고들고
들어가는 십자못은 들어온다, 그 어느 날까지
너와 나의 살과 뼈가 하나로 붙어 있기 위하여
손아귀에 힘을 준다, 조금 더 세게 밀어 넣는다, 한 번
더 돌린다, 십자못은 나의 뼈 속까지 들어가 멈춘다
그 끝에 내가 있다
이렇게 불완전한 시행은 완성된다
불완전한 삶은 나무와 못으로 결속되고, 오늘도 나는
나갈 수도 돌아갈 수도 없는 십자못의 중심에서
남의 것이 아닌 내 절망의 십자못을 물고 있다
뿌지직, 먼 하늘의 눈이 내려앉는다

시

어느 날, 갑자기 찾아와 꽃이 된 그녀의 언어들
나의 손바닥 위 유리상자 안에 있다
그녀는,
작디작지만 속삭이는 음성이 쟁쟁하다
그녀가 무릎을 세워 누운 나신(裸身)은 반듯한 의자

아름다운 여성의 유취(幽趣)는 영혼까지 잊게 한다
거친 영혼의 언어 끝에 육체의 흰 젖을 물리는,

하지만,
손바닥에서 놀다 손바닥 속으로 돌아간다
인사도 없이 한눈팔고 논쟁을 탐닉하고 있을 땐
겨우 책으로 돌아오지만, 그녀는
손바닥에 갇혀, 내년까지 얼음 속에 얼어붙은 채.

고도 1
—대통령의 복수(覆水)

일단 한 경지를 넘어서면
한 여자를 인도한다는 것도 곤란한 일이지만
한 남자를 뜯어고친다는 것은 불가능하다
한 시대를 넘으면 자유로울 것 같았는데,
더 옹색해지고 강박적인 인간으로 변하고
불안해졌다, 재미없는 일이다,

정치의 기회는 한 번뿐, 돌이킬 수 없는 시간이다
한 번 활용된 인간은 다시 활용될 수 없다
항상 그는 뒤안길로 사라진다,
언제나 중심에 있었기에 쓸모가 없다
국가의 보호는 받겠지만 고독할 수밖에 없다
그는 평생 가택에서 연금될 것이다

기초생활수급권자의 빗방울

전류는 볼 수 있지만 전자는 볼 수 없다
인간은 볼 수 있지만 그 인생은 볼 수 없다
전자는 볼 수 없지만 그들의 집단을 볼 수 있다
책에서 그는 만날 수 있지만 그는 볼 수 없다

하늘에 두꺼운 책 같은 구름은 너덜거린다
지붕 위에 가득 퍼져 있다
볼록렌즈 같은 빗방울을 볼 순 없다
후두둑, 후두두 빗방울 소리가 얼음 속에 드리운다
지표면 밑에 엎드려 그 소리를 쳐다보면
하얗게 닳은 신발의 밑바닥들
청각이 제일 먼저 찾아와 만진다

이들은 너무 오래된 벽지 밑의 흙이 울면서
어떤 반짝임의 충돌로 낙하하기 시작한다

나목(裸木)을 보는 순간

멈출 새 없는 언덕의 검은 시신을 보는 순간, 갑자기
마른눈이 하늘에서 쏟아져 내렸다
육체를 헌 거적처럼 뚫고 나온 나목의 가지들
오랜 세월 자신을 절차탁마한 검은 영혼의 뼈

바람에 맡겨진 채 인식도 상상도 기억도 없다
오직 한 그루의 뼈만이 검게 걸려 있는
쓰라린 오후의 실루엣 속에서
누구일까, 무시무시한 처형에 몸을 맡겼다
종생(終生)아 너의 생의 끝은 아직 여기가 아니다

백해(百骸) 구규(九竅) 육장(六臟)의 풍장을 다 하고도 모자
랄 생애
그의 미래는 수직으로 정지한 채
오도 가도 못하고 실오라기까지 발가벗긴 채 떨고 있다
도시의 입구에서 헐벗은 창상의 한 철을
또 온몸은 통과하고 있다

나무망치로 그의 머리를
―파수대

가볍게,
톡, 톡 처음처럼 나무망치로 그의 머리를 노크한다
처음엔 아주 예민하게 잠도 없이
나의 노크 소리에 반응한다, 혹여 나를 기억할까 두려
워하며
대부분의 인간은 이 처음의 목소리를 망각한다
톡, 톡 문을 두드려도 응답이 없다
아직도 회의하는 나에 대한 고발과 심판은 이것으로
끝난 것일까

커튼 사이로 보는 파수대 증인들은 돌아 나간다,
그의 집의 높은 데코를 내려서서 한번 뒤돌아본 뒤,
나는 그날 밤 지상의 커튼 사이로 소외된 달의
얼음처럼 쓸쓸한 수직의 그림자를 보았다
어쩌면 나에게, 너무나도 분명한 말이 왔다 갔다

태양을 쳐다보는 관찰

나뭇가지 사이에서 바람의 일생이 시작된다
나뭇가지들은 째째째 소리를 내며 갈라져 나간다
나뭇가지는 스스로 비틀리며 상방향으로 뻗는다
더듬거리는 그들의 손바닥은 시각장애인들
손바닥으로 얼굴을 쓰다듬으면 눈 뜰 것이다

그러나 아직 한 번도 저 눈들은 눈 뜬 적 없다
불이 들어올 구멍을 남김없이 막는다

나무는 가지에서부터 뿌리까지 섬유질로 가닥졌다
도톰한 감촉의 껍질은 푸르고 바람을 더듬는다
대부분 바람의 일생은 여기서 머물다가
잎이 질 때 같이 바람의 샘으로 사라진다
그때 하늘이 얼음 어는 소리를 내기 시작한다
바람은 이 환청에서 조용히 일생을 마친다

한 남자의 메뚜기

도시 속의 복잡한 덩굴식물의 줄기 속에서
그녀는 살고 있다
알 수 없는 힘에 자신을 옥죈 채.
그녀는 매일 스스로 능사(綾紗)가 된다
피톨 같은 잔꽃을 피우면서.
날아가면서 모든 것을 시간에게 빼앗긴다,
대개 여자들이 날개를 숨기고 나타나지만.
복잡한 비밀을 가진 언어의 타자
숭숭 털 난 메뚜기 다리의 상깃한 여자
당신의 말은 너무 빨랐다, 나는 한 철만
그녀의 덩굴줄기 속에서 살았다,
이름 할 수 없는 그의 나는.
다행히 기억만 없다면 모든 건 용서된다,
아침 거미줄 앞의 발코니 대형 창을 열면.
한 입 기지개 켤 때
꿈이 왔던 그날처럼 풀섶에서 울고 있다

나의 침실에서

당신은 아직도 나를 뒤흔든다
꽃처럼, 줄기처럼
들어올리려 한다
아니 나를 삼키려 한다
그래서 나를 내던지려 한다

저 멀리, 풀밭과 꽃밭으로.

테헤란로의 겨울

—시강(詩講) 가던 아침

나의 생이 아니 삶의 시간

그러므로 주인공은 내가 아니라 삶이다

타자의 삶을 담을 수 있는 장르의 그릇은 없다

안엔 이런저런 언어들이 걸려 있지만

앙상한 갈비뼈, 멍하니 하늘에 떠 있는

두개골, 이미 나의 영혼은 거덜 나고 없다

가장 작은 절규의 씨앗만이 창공에 펄럭인다

찢어진 채 초겨울 바람에 얼어붙는

플래카드의 글자들은 어디서 달려왔나

허무 속의 맑고 추운 아침

저 깨어진 검은 입술들.

형광안저촬영실에서
—右眼網膜裂孔

두개골 속의 임시 안구의 비밀을 아는가
또 밖에서 암흑을 들여다보는,
산동제 속의 동공은 겁에 질려 번들거린다
육체의 일부 속 박리된 우주, 빛 없는 그늘
주변을 떠도는 한 대의 UFO
거기 머물던 한 화성은 지나가는 언어
시의 낯선 음영과 미지를 찾아가던 길
촘촘한 세포질의 그물로 뒤덮여 있었지만,
가혹하게 우주를 내다본 까닭에
유리체 망막이 가로로 길게 열공되어버린
그의 화성은 붉고 캄캄했다
그 안쪽은 아무것도 보이지 않는다
빛과 동행하는 광속의 수술이 이루어질 것
터진 혈관의 미세한 피들이 떠도는 먼지

흰 변기의 여자

저 거름뱅이 남자들을 먹이는 것은 우리들이다
유방의 흰 젖을 드레싱한 울긋불긋한 요리들
저 불구의 남자들, 저 떠도는 남자들
저 고릴라 같은 거대한 어깨의 우울한 남자들
거지 같은 남자들
마천루와 산악에서 전쟁을 치르는 남자들
세상이 자기 것인 줄 알고 떠들어대는 남자들
너덜거리는 상처에 입맞춤하는
이 슬픈 남자들은 여자의 모자이크를 좋아한다

원자로의 나라에서

너무나 작아 아무것도 보지 못한다
원자로의 빨간 아이들은 불을 입었다
원자로의 제어봉 노심 바닥에서
천천히 구워지면서 번쩍 하늘을 때린다
불타라, 불타라 지상명령이다
그러나 억제하지 않으면 불바다가 된다
나는 매일 산 밑에서 장자를 읽는다

용문산의 절벽은 겨울을 즐긴다
원자로는 애인의 따뜻하고 차가운 자궁
나는 늘 여자의 샅을 찾아간다
장자의 문자는 아이러니하고 난해하다
끝없이 아이리스 아웃되는 전력은
추워라, 추워라 제어하라, 제어하라
불의 아이들은 불을 물고 춤을 춘다

사랑의 섬을 위하여

이제는 사랑할 일밖에 없다
사랑하는 일 외 다른 것은 없다
오직 사랑을 위하여 달려가고 돌아올 뿐
필름 속 저 무용한 광속의 시간들
앞서기 위해선 너와 나 사랑하는 일뿐
폭설 속을 달려갈 뿐 그녀에게로
혼자 있는 그녀에게로
하악골(下顎骨) 페달로 휘파람을 불며
기다리고 있다, 그녀는 높은 난간 위에서
내 몸에 꼭 맞는 사랑의 기폭
기다리는 여자는 사랑뿐이다

하나하나의 잎들처럼
—2011년 11월 포항(浦項)에서 점자 시집을 받고

앞이 없는 삼백오십 명의 청춘 앞에서
특강을 한다, 얼마나 참담한 일인지 웃음을 참는다
강연장은 눈에 감은 나이테의 빙화처럼 조용하다
그들이 정말 듣고 있다는 사실을 알았을 때
이런 통탄할 일이, 얼른
토마스 트란스트뢰메르*의 「4월과 침묵」을 읽는다
봄은 막막하다. // (…… 실명자들을 위하여)
블랙 케이스 안에 / 담겨 있는 바이올린처럼
나는 내 그림자에 들어 있다(…… 얼굴 속에 있는 언어는?)
멀리서 정말 시인의 희미한 은이 날아오는 듯
스웨덴의 UFO처럼,
하지 못한 하고 싶은 말, 시각장애자의 얼굴 속
그의 지문은 볼록, 꽃봉오리 진 홍채 같았다
지워지고 다시 합하는 물마루의 눈부신 햇살파도는
장님 시인들의 장난이었다

45

한 번씩 도시로 나갔다가
—그대의 초상(肖像)

도시에서 오물을 뒤집어쓰고 돌아간다
오물엔 그들의 이름 없는 보석이 뒤섞였다
더러운 냄새가 진동한다, 냄새는 지워지지 않는다
기분 나쁜, 토할 것 같은 비정의
그녀가 선물한 백금 이리듐의 슬픔,
나는 차도 밑의 맨홀 뚜껑 밑에 빠졌다 돌아온다
백화점 골목길을 건너뛰고,
덜컹대는 고속 전철의 비상구를 건너뛴다
아 풀잎으로 달려가는 열차여,
죽음의 도시로 가는 방사능의 검은 그림자
오물을 뒤집어쓰고 돌아오는 저 늙은 나의 초상은
어쩌자고 아비의 시대를 빼닮았을까

육식(肉食)의 밤

고기 굽는 냄새가 건초 더미를 에워싼다
사육한 제육의 즐거움이 피어오른다
무릎 근처, 빨간 불꽃의 공중을
살풋 뛰어오르며, 달콤한 혀가 춤을 춘다
언제나 고기를 구워 먹을 땐 예외가 없다
숯불의 탄소와 살 타는 흰 연기의
치욕 속에서

숯불은 피어올라, 공기를 애무한다
누군가의 생고기가 익어간다,
마지막 꿈틀거림 속에서 모든 것을 허용한
석쇠 위의 축축한 감촉
숨을 솟구며 부풀다 풀썩, 내려앉는다
비로소 고기를 입에 넣고 씹을 때,
불안은 갑자기 저기압처럼 차분해진다

성욕을 나누는 자들의 반대자
—간디가 아내에 대한 성욕을 고백할 때

분명한 당신의 뼈와 살과 피를 통해 누군가 오게 하지
마세요
  알지도 못할 태아의 눈과 귀와 뇌와 손을
  너무나 분명한 당신의 뼈와 살과 피를 묻히지 않도록
하십시오
  그리고 마음을 각 지체(肢體)에 맡기십시오
  모두 여자의 배 속에서 오고, 자신의 눈을 찢고 오는 자
는 없습니다
  모두 성욕이 불러낸 자아들입니다
  인간은 어미와 아비의 뼈와 피에서 자신의 욕정과 얼굴
을 가집니다
  자신의 시간과 삶, 이름과 미래를 가지죠
  미안한 말이지만, 성욕을 나누는 자들 사이의 출생이
가족이죠
  성욕을 나누어 몸속에 뿌리내린 다음,
  당신은 어느 날 염백한 허무주의자와 금욕주의자가 될
것입니다

편집위원회

나는 시인이면서 위원이었죠
당신은 절대 위원회에 들어가지 마세요
나는 위원회에서 간신히 떠나왔어요
부끄러워요, 정말
내가 그들의 무언가를 결정하고 선별하는
위원회 위원이었다는 사실이.
아무튼 당신은 위원회 일을 하지 마세요
위원회 일은 위험해요
당신을 착각과 함정으로 빠트리죠
좋은 일을 하는 것 같지만.
위원회란 근본적으로 좋은 일은 아니에요
그런 곳에 오래 있지 마세요
지혜를 내요, 당신이.
위원회에서 나올 길은 얼마든지 있어요
비가 그치면 다시 찾아가보세요
그가 혼자 뭘 하고 있는지

역사의 순환선에 서서

전철은,
고압선에 걸려 다음 역을 향한다, 아무도 기다리지 않는
거꾸로 오는 근시의 시간
순환은 오른손에 의해 오른쪽으로만 돌아가게 설계되
었다
비구 옆의 고관절은 건너편 승강장에 있다
나의 이름을 바꾸어, 왼쪽으로 돌아간다
오른쪽에서 오는 사람들을 싣고 가고 싶다
그들이 떠드는 소리를 그들이 보는 신문과 그들이 하는
침묵의 요령을, 떠나보낸다, 언제나 오늘뿐
어떤 만남도 이별도 도시의 르상티망을 망각하지 않는다
사람들은 얼마나 다르게 살아가는가,
시간을 뚫고 역사에 도착하는 역사는 없다
반대편에서 왼쪽은 오른쪽을 오른쪽은 왼쪽을 바라보
는 이상
그들은 서로 다른 승강장에서 서성인다
늘 도착하기 바쁘게 또 떠나기 바쁜 지하의 은빛 전철은

왜 이렇게 깊은 땅속에서 우리를 달리게 하는가, 캄캄한
한낮에

불면증

불면증은 그들만의 것인 줄 알았다
내면의 바닥을 밝힌 빛인 줄 몰랐다
죽음보다 깊은 잠을 청할 수 있었던
불면의 터널을 혼자 걷게 했던 약
때론 낙엽 위에서 나의 언어는
약지(藥紙)를 손에 들고 무아가 되어
나무와 잠든 채 세상을 건너갔다
달보다 가벼운 알약을 삼키면
향긋한 냄새를 화, 풍기는 공복 속
굴러든 수약은 잠의 소화 속에서
마른 의식을 탈색하고 끝을 놓는다
백열등 속에 작은 얼굴로 걸려 있던
까마득한 숙면의 청춘이 그리운
신인 시절의 잠든 언어를 기억한다

반년의 지옥

눈에 보이지 않는 지옥의 벌레
서서히 지옥은 아가리를 벌리고 나를 안아준다
지옥의 반년은 생과 맞바꿀 수 없다
피골이 상접한 나목의 생피가 터져 나왔다

그날 저녁 비극적인 구토를 시작했다, 해가 지는
도시 한가운데 버려진 채,
거짓 의식은 화장실에서 잠을 청한다
생피는 말랐고, 어떤 시인도 렌즈도 찾지 않는다
지옥의 반년은 진화되지 않는다

이 도시에서 죽을 것이다, 한 장의 어제 신문으로
머리칼과 가슴과 발목을 사자처럼 가린 채
동파를 막는 최신 난방 화장실에서
나는 봄의 복수초로 프린트되어 던져졌다
지옥의 반년은 이제 시작이지만.

아름다운 물고기
—2011년 봄 카트만두로 가는 기내에서

눈을 치료하기 위하여
도시의 먼 지상의 한 산속에서
북두칠성 네 번째 별을 향해
나의 영혼이 날아올라간다
첫 번째 별이,
내 머리 뒤로 휙 사라져버린다
우리은하의 줄넘기처럼
북두육성은 사라지고
네 번째 별만
그 작은 두개골 속 영혼의 눈에
문을 열고 도금하기 시작한다
아득한 미래의 과거처럼
지상에서 혼자 아름다운 큰 뼈의
물고기 화석이 되었다

은빛투명전자볼펜의 도시

먼 도시 속에서 은빛투명전자볼펜이 울고 있다
도시는 한 인간이 도달할 수 없는 미래
불가한 상상의 언어로 생을 건너 바라본 미래
모든 것이 투명 시간 속에 갇혀 있다
마천루의 캄캄한 오후, 깊고 차가운 도시
직진하지 못하는 굴절의 시간,
장미 가시처럼 외부로 피어 나오고 있다
십 차선 위로, 모든 유예된 시간은 미끄러져 간다
슬픈 은빛투명전자볼펜의 언어,
울음은 미래 도시에서 들리지 않는다,
자신들이 없는 과거의 이 시대 속에서 빛난다
그 시대와 그들은 떠나고 없다,
돌아갈 수 없는, 가닿을 수 없는 도시의 끝
꽃대들이 타버린 가시 속의 까만 씨앗들
먼 도시 속에서 은빛투명전자볼펜이 울고 있다

이미 책장이 바스러지는 책의 가을
─물화(物化)가 된 나를 뉴욕의 P에게

잎사귀로 만든 책상 밑에서 기억하는 물건을 찾는다
돌로 만든 책이 혼자 자신의 책을 읽는다
도시는 자동으로 움직인다, 어느 문장 하나 걸리지 않
았다
생각은 다시 교차로로 돌아와 여름을 통과하고,
우리집으로 오는 길을 건너뛰고 있다
거리에선 산소를 생산하는 엽록체가 수리 중이다
도시가 나무를 이식한다
해가 지면 이렇게 명동이나 뉴욕에서 과거가 그리워
지나,
똑같이 부서지면서 책 어디쯤 한 장이 넘어가면
그 마음바닥이 전등으로 발등을 비춰준다
책의 가을은 겨울로 가지 않고 다른 계절로 간다, 책은
황폐한 정신을 껴안고 술을 할 때 애인을 불러낸다
여름 것들은 다 가고 선풍기가 고개 숙인다
책상 밑바닥의 벽 속을 지나가는, 얼어 터진 겨울 전갈
자리

그녀 손바닥을 쥐고 한없이 핥아주기 시작할 때
희미한 미열의 전기에 감전되고, 남자는 꿈을 잊는다

밤과 낮

밤과 낮이 다른, 여자가 있다
41킬로그램의, 잎과 천으로 직조된 육체의
여자는, 365일 악몽에 시달린다
마귀의 망토를 걸치고, 비명을 지른다
비명은 마천루 골목에 나타나, 울부짖는다
밤과 낮이 다른 자기 생의 연구
여자는 자기 생을 내쫓고, 자신을 관찰한다
뼈만 잡히는 한 그루의, 찢어진 신경 다발
흑야(黑夜)를 밀어내지 못하는, 비명
파열된 뇌와 신경 줄기, 심장이 함께 뒤엉겨
나란히 잠에서 추방된, 공동 침대
반짝이는 눈은, 다시 뼈의 핸들을 잡고
물안개 피어나는, 미지의 현실 속에 계약된
새벽 강의 병원으로, 떠난다

다른 나라의 광화문 사거리에서

겨울 광풍에 휘어져 쏟아지는 낯선 빛무리
신인 작품을 심사하고 네거리에서 서서 말했다,
건물들이 낯설다. 오후의 고층빌딩 암영이 흔들린다
무섭다. 찬바람을 감으며 낯선 흉터가 빙긋이 웃는다
얼굴의 낙엽들이 떨어지는 눈은 절망뿐이다
그래야 하듯, 혼자 그늘진 청량리로 돌아가며 생각한다
시인이란 이 도시에서 시를 쓰고 살아가는 사람,
이 하늘의 광화문이 일상의 거리일 뿐이라면,
멍히 스쳐 가는 의문의 검은 빌딩과 검은 점퍼 사람들
이 사람들은 다 어디서 온 외계의 유령들일까,
저 산속에 내려가 한세월 처박혀 살아보지 않고
한 작품만 선선하게 다가오다 나로부터 사라졌다,
먼 집으로 귀가하는 밤, 불빛 없는 집은 없다
헌것들이 재생하는 오늘은 아득한 과거이다

눈 오는 산수병풍

도시 밖의 병풍도 수사가 줄어든다,
사라진 축지법, 떠나간 은유가 보고 싶다
슬그머니 밀어놓을 수 있는 병풍이 아니다
산수병풍은 사라지고 화려한 문채도 사라지고,
잡다한 농담과 유머로 가득한 책상
술잔을 옮기는 검은 손, 사람 키만 한 칼
험상궂은 모든 죽음은 저 병풍 속에!
썩지 않고 산과 바람과 세월 속에 새로워진다
살아 있는 한쪽 생들은 슬그머니,
죽음이 밀어놓고 소외한 하나의 오브제일 뿐
황폐화한 산과 도시 사이 쓰러진 산수병풍
염장이는 사자의 귀와 코를 틀어막는다
누최(漏催)한 영구 불생의 고요한 잠자리여
꽉 쥔 은유와 침묵이 함께 썩어간다

렌즈 속으로 도망치는 시인

알몸뚱이의 비릿한 청춘의 시절은 갔다

광천조양김 박스도 왔고 밀양감자 박스도 왔다
손 타지 않고, 누가 있는 줄 알고 이 계절까지.
모든 시는 눈이 먼 채 구멍을 찾고, 그 앞에서 멈춘다,
콧노래와 분노와 농담 등으로.
우리가 진력하고 넘본 창작법과 성공작은
뜻밖의 평가였을 뿐, 오늘 찾아온 이색적 입문(入門)은
의미 있는 것들과의 사양과 소외이다
너는 어떻게 유리체의 망막을 뚫고 가버렸을까,
그 시간의 양과 속도를 지면 밖에 버리면서.

이제 반성이 먼저 쓴다, 피를 묻히듯.
모든 것을 배반하고 이별을 선택하는 중요한 말,
가끔 사진 속에서 그때의 너를 볼 뿐이다.

마음의 0시 6분

0시 3분보다 3분 많고, 4분보다 꼭 2분 많지만
더 먼 시간을 가고 있다
더 먼 시간을 간다는 것은 더 오래되었다는 것
그러므로 마음의 시간은
1분 늦게 오는 것들에서부터
무궁한 과거 저쪽의 시간들이 따라오는 것
모든 시간은 서로 방해할 수 없다
내가 없으면 나의 시간은 없으므로
빛은 자기 앞길을 밝히고 나아가기 바쁘다
과거를 저쪽의 빛이 뒤돌아본다는 것은 불가하다
출발 시 이미 내 안에 동승한 시간은 있었다
출입문을 열고 닫을 때 그는 이미 내 곁에
나는 그가 늘 내 곁에 있다는 것을 알고
마지막 날, 말을 걸 것이다,
나의 유언을 들어줄 존재는 그 언어밖에 없으므로
지금 후두엽 0시 6분에 들어간다
여기는 하늘 속, 지구, 동북아, 양평 동쪽

참, 이 말은 잊을 수 없겠지?
그가 내게 이렇게 새벽 속에 던진 말이라는 것
말을 하니? 내가 말을 하나?
친구는 죽었다, 말하지 않은 0시 6분
밤의 지구 뒤쪽, 대서양의 태양을 따라간다

새벽 APT

아름답고 불안한,
긴급하고 오래된,
언제나 불타고 교육적이고 체제 중심적인
도시 속의 하늘집들
거의 모든 인간들의 이웃집

결국 끝에 가서 모두 만날 한 점을 향해
공중에 등을 단 일방통행의 수직박스가옥
나는 엘리베이터 골목길을
툭, 툭, 툭 진동하며
내려간다

지독히 악의적이고 고의적이다.

산신령

―육십(六十) 앞에서

작대기 들고 모닥불 피운다
작대기 끝도 타는 올해 모닥불
포도나뭇가지 살구나뭇가지 배나뭇가지
낙엽도 원고도 휴지도 타오른다
불은 작지만 빠르고 화려하다
탁, 탁 폭죽 터지는 소리도 낼 줄 안다
잘 간다는, 한낮의 혼자 송별
저 불길 속에 과거의 소존성은 있는가
어흥, 어흥 눈알 으슬뜨리며
먼 산 꿈에서 검은 호랑이들이 운다
이자머리에 눈발이 친다

아, 인생 뜬구름

너무 낡은 언어지만 언제나 채권자가 되는 말
쉴 새 없이 마구 쓰기에 상투적이긴 하지만
때론 이 말만큼 명쾌한 것도 없다
예컨대 네 인생은 무엇인가 하고 물을 때

예컨대 내 인생은 처음에 커다란 백지 한 장
그것을 반 접는 데 사십 년이 걸리고
또 그것을 다시 반으로 접는 중
안에 무언가 숨겨두기 위해 시를 쓰지만
그 커다란 종이를 완전하게 접긴 불가능할 듯

그러나 인생은 때론
자신이 다 해결하지 못하고 갈 때가 많다
그래서 나도 접은 곳에서 뜬구름을 만나지만
단 한 번의 생이란 이름으로
상처투성이, 난해 무성한 여름을 건너고 있다

또 한 번의 밑바닥의 밑바닥에서

에스컬레이터를 타고 내려가면 도시의 바닥. 차도의 바닥. 더 아래가 없는 길, 시장, 인간. 주변 건물, 상품, 차량의 길바닥. 길바닥은 차의 타이어가 닿는 곳, 타이어의 바닥의 밑바닥이 방음한다.

못이 박히고 철사와 은이 꿰맨 손바닥의 밑바닥. 에스컬레이터가 실어놓은 밑바닥 멀리 사라진 산. 도시 속의 긴 한숨, 한 장의 지폐 속에 얼룩진다. 심장이 쩍쩍 달라붙는 밑바닥의 밑바닥의 밑바닥.

놓아주지 않는 밑바닥. 상품과 노동의 순수는 욕망에서 죽는다. 에스컬레이터 너머엔 거대한 고층 밑바닥. 밑바닥에 닿지 못하는 밑바닥의 언어. 죽음의 바닥, 길의 바닥, 그 밑바닥에 붙어 있는 인간의 입술.

밑바닥을 찍지 않는 밑바닥은 건너편 산뿐인가. 이제 건너편 산도 밑바닥을 찍는가. 치욕과 위선과 타협, 밑바닥이 밑바닥을 쳐다본다

한 켤레 구두
—그 대통령 재임 시절에

12년이 되었다
구두 아가리가 벌어졌다, 종로에서 화곡동까지 덜컥댄다
어두컴컴한 거리에 내린다
하마 십 년 전의 그 망각의 구두 수선공을 찾아간다
이다음의 문장이란 다른 것이 없다
약국 불빛이 환하다, 강서대로변의 그에게로 간다는
반드시 써야 한다, 특별난 수사가 필요없는 곳
이 장녀가 없는 노인은 아직도 죽지 않았다
늙은이는 늙은 손으로 굵은 바늘귀에 굵고 기다란 실을
아슬아슬하게 꿰어 넣었다
완강한 핏줄과 뼈로 구성된 척추의 너무나 커다란 손은
꾹꾹 눌러가며 구두 밑창을 꿰매기 시작한다
손가락에 낀 가죽 골무가 쇳빛으로 빛난다
하르르 구두는 작은 생명체처럼 손아귀에서 떨어댄다
하지만 구두는 현의 말을 잘 듣는다
밑창은 부드럽게 바늘을 통과시킨다, 너무 낡아서일까
밑에서 울컥하는 말이 올라온다, 다행히 내려간다

무엇이든 목으로 올라오는 건 좋지 않다
이다음 문장이 난감하다, 뭐라고 이어야 할까, 대여할까
너와 나의 저 구두나 도시 거리나 이 늙은이의 삶은
떨어진 구두로 언제나 새로웠는가
늙어버린 춘하추동

그 산
―단모무정(旦暮無情)

처음이다,
요롱게 작고 예쁜 것은.
사람보다 더 아름답다
만물과 만인을 사랑하느니
너 하나만
사랑하겠다고.
그래서 이것이 욕된 일이다
너와 내가 하나가 되어
내 입 안으로 들어온다면.
너와 내가 멀리 함께 있는,
저 아침과 저녁이
되겠다

고도 2

그 섬은 바다에 떠 있다
아무리 파도와 폭풍이 쳐도
지구가 더 빨리 돌고
밤낮 세월이 흘러가도
저 섬은 끄떡도 하지 않는다
사람들은 저 섬이
수난과 고독 속에 있다고
말하겠지! 저 너머 뭍에서.

거대한 사진기

―하연아, 태양계엔 수많은 소행성과 혜성이

조리개는 조물주의 거대한 주름치마
슬쩍 올리면 천진한 실물의 종아리들이 나타난다
여러 미물과 무정물, 언어의 은유, 부유물
그 안에서 디엔에이를 부장한 꿈이
우화의 꿈을 꾼다, 부시력, 중심에 서서
사위를 한 바퀴 돌아보면 모든 것은 자동 저장

풍경은 사진기 속의 눈구름처럼 떠돌다 돌아온다
선용(先用)된 것들은 쓰레기로 버려진다
철컥, 철컥, 어디선가 고속 촬영 소리가 뛰어간다

일조의 내막을 알기에 소통을 청하지 않는다
꿈의 집에서 언어와 사물들이 대면할 뿐이다
한 번도 못 본 필름 통 속의 구겨진 시간들
그것만이 그가 찍고 간 사진들
커튼 뒤의 정적에 그녀가 감춘 빛이 서 있다

마지막 손가락 하나

나의 앙굴마라

나의 영혼도 썩고 나의 육체도 다 썩고
손가락 하나만,
도시의 강설 속에 던져진다, 꿈대로
무변 창공에서 전도되고 다시 방치된 뒤,
태양의 겨울 설산에 첨벙 던져진다
태양은 거울을 향해 울부짖는다,
나의 죽음의 손, 검은 손, 흙과 얼음으로
만들어내도 마지막 손이 남아도
훈습된 심장의 괴벽은 씻지 못할 것
피투성이 된 손을 용서할 수 있을까
설해목 하나의 설장(雪葬)이 시작된다,

앙굴마라의 나

필라테스 링

고슴도치들이 된다, 출발이 가까운 밤
작은 가방 하나 들고 죽음의 길로 떠날 것
잠들 시간이 없다, 곧 새벽
각자가 왔던 길로 혼자 돌아설 것이다
기억조차 가지고 가지 못하는 길
하지만 나의 의식의 불꽃이 없어질 때까지
침대는 피 터지는 사각의 링
아이들이 창작된 기이하고 처절한 형장
죽을 때까지 싸워야 하는 사자들의 링
살아 있는 자들이 다시 죽는 죽음의 혼란
도시 절벽에서 피운 모든 꽃은
낙과한 슬픈 가지들처럼 멈춰 섰다
기이한 줄이 출렁이는 링, 끝없는 회전
목마른 이슬방울의 훌라후프 피임링
두 손목을 채운 수갑의 링
등짝과 어깨를 엮어낸 한 덩이의 육체들이
가르랑대는 고양이의 목뼈에서 잠든다

나에게 눈길 한번 줘봐요

독신남의 방은 어떤 냄새가 산다
주머니 속에서? 책에서? 벽과 침대에서?
예초기가 치고 간 풀밭의 비릿함
남자의 방은 꽃이 앉을 자리가 없다
기침을 좋아하는 푸른곰팡이와 동거하시나
이불을 가을바람 볕에 내걸고 싶지만
항상 습기가 차고, 어둡고 우울하다
연애를 좋아하세요? 연애를 잊어버렸나요?
여자가 싫어요? 새벽 카페의 밀회?
연애를 하세요, 가등 밑에서 어떤 꽃은
도시의 빛으로 그녀의 꿈속까지 탐정한다
하지만 절대 그와는 연애하지 않는다
외교관이 먹는 아랍에미리트 초콜릿
그렇게 이탈리아 과자는 혀에서 잘 부서져
연애 한 조각 파삭, 하는 소리에
온 마음, 물처럼 쏟아져 내려갔던 것
독신자는 거세된 수술로 서 있다

빗소리

망각의 물방울이 하나씩,
우리집에 와서 떨어지는 소리가 들린다
데코와 화단, 유리창, 지붕의 스카이 접시와
먼 길을 날아오면서
습기와 언어와, 향정신성 풀잎의 향긋한 초록빛
바다 너머 농장과 도시의 맨홀 내부까지
그 티끌과 바람을 주머니에 넣고
거대 빌딩군을 덮쳐 폭우의 후각으로 냄새를 맡은 다음,
언제나 헐벗은 몸을 벗어놓고, 다시
저 빗방울들 수런대는 소리를 들을 수 있을까
투명한 부정형 물방울의 기다란 눈물로서
흔들리는 공중일 수 있을까
겨울을 벗는 버들가지 새처럼 추워
지금도 소나기 지는 한낮의 황급한 귀로에
떨어지는 풀잎들의 한숨과 나뭇가지들만
봉지를 치며 뜯고 있다

K의 비밀

얼굴에는 한 여자의 초상이 박혀 있다
죽음을 통해서만 탈바꿈할 수 있는 K 얼굴
검은 곰팡이가 뒤덮고 있다
심장에 도달하여, 다른 존재로 인쇄될 때까지
난해한 어둠에 뒤덮여 있다
성하의 정오, 칡덩굴에 휘감긴 채
깨어진 유리창 속의 중첩된 그녀의 얼굴 속엔
너덜거리는 유전자들의 병치,
K 얼굴에는 죽음의 얼음이 박혀 있다
어느 연대에도 시절에도 해빙될 수 없는
사회적 정치적 유전자를 닮은
결함의 서열이 그 눈동자 속에 박혀 있다
새끼 악어의 눈동자 같은
주름투성이 여자의 검고 늙은 손바닥 속에는
알 길 없는 출생의 표정들이 스쳐간다
흰 구름의 거짓말들만 이 도시를 떠돈다

흰 엉덩이의 여자

남자를 따라다니며 슬쩍슬쩍 돼지고기를 먹는 여자
도시인에 대한 르상티망을 가지고 있다
오십이 넘어 텅 빈 남자의 내부를 보게 됐지만
아직도 그녀는 철이 들지 않은 비곗덩어리
턱에 작은 돌이 걸려 있는 사실을 알고 그해 가을
창가에서 울었다, 어떻게 아이들이 늙어갈 수 있지?
마천루의 노을에 사는 친구를 방문한다
미래를 내다보지만 그녀의 미래엔 아무것도 없다
55분 전 5시 흰 변기에 나가 앉는다
변기 단추를 누르는 순간, 쏴아 물이 쏟아진다
도시는 무섭게 밝아온다, 너무 가혹한 가을
거실마다 찾아오는 시간의 홍수처럼 무서운 건 없다
그녀는 이 도시에서 사라지지 않을 것이다
그녀는 우리가 공동으로 사랑했던 작은 여자이다

피임 사회
—진담(珍談) 아닌 유머

한 남자에게
내 몸과 시간과 무심의 시간을 맞춰야 한다면
한 남자의 비위와 욕정을 상대해야 한다면
교양적으로 이런 업이 난감한 일이라면
자식을 굳이 가지고 양육하고 가르쳐야 한다면
남녀가 결혼 생활에 들어갈 이유가 없다면
결혼은 남녀의 피투성이 기록이라면
존재하지 않는 인간들을 있게 할 이유가 없다면
축복이 아닌, 한 인간의 길을 환히 열어준다면
정말 그래야 하는 권리와 의무가 있다면
아무 이익이 없는 한 인간에 대한 끔찍한 배려
여자의 배 속에서 태아로 키워내야 한다면
결혼의 이유를 말해줄 사람이 저 도시에 있다면
다시 늙은 남녀가 청춘으로 돌아간다면
그대들 한 여자와 남자로 살아갈 수 있을까
고달픈 사랑의 몸을 굴리고 부릴 수 있겠는가
한 여자에게

철제 의자

달이 내려와 앉는 작은 철제 의자
전신 거울에 비출 수가 없다
다리가 짧아 발끝이 닿지 않는다
엉덩이가 보이는 작은 각도
속에서 흰 링이 움직인다
밤은 여자보다 희고 더 정념적이다
한자리에 가만히 서 있어도
어느 물관부의 허공에선
불안한 빛들이 부서지는 소리
밤 지상의 공기를 외달은 의식한다
소란을 읽을 줄 아는 그림자들
저 만산의 하늘을 수놓는 꿈 타래
그의 혀는 쉼 없이 움직인다
그 까닭에 달과 의자는 혼자
서로 기억에게만 가만히 다가온다

그 남자 집 단풍나무는

단풍나무는 남자 때문에 수난에 처했다
새로운 수형을 잡는다, 2년간 가지를 잘라
늦가을에 피투성이가 된다
단풍나뭇가지는 뜰에 나동그라진다
남자는 북쪽 굵은 줄기를 잘라버릴 참이다
비극적이다,
톱날과 3단 전정가위는 공포에 떨게 한다
두 손에 들고 전지를 딱, 하고 강하게 오그릴 땐
남자 가슴근육이 씰룩인다,
두 팔의 이두박근이 불끈 솟아오른다
사양해도 봄은 벌레처럼 찾아올 것
내 몸속에서 돌돌 말려 나오는 핏빛 잎으로
저 차가운 얼음 밑에
죽은 듯 붙어 서 있는 단풍나무
이곳이 어디인가 눈 떠보는 그 남자 집

여자에게 돌아가지 않는다

숨 쉬는 탯줄, 무서운 음부, 피투성이 비명
파도치는 해변의, 문이 잠긴 꼭두 하늘의 새벽
오물을 뒤집어쓴, 양수와 갑작스럽게 쏟아져 나온
  생과 죽음, 피와 뼈의 끔찍한 완결의 순간
비좁은 돌출의 뼛골짜기를 빠져나온 날카로운 어깨
팔다리, 그리고 커다란 외계인의 머리통
  그러므로 모든 남자는 그날 이후,
작은 얼굴의 또 한 여자를 허리에 꿰찬 채,
자기 몸을 집어넣는 분노의 욕망으로 전환되었다,
멀고도 가파른 암운의 길을 걷는 한 존재로서
  핏빛 아침 햇살은 비극의 원시선을 열고,
죽은 한 남자의 불구덩이를 뛰쳐나간 기억 속에
벌써 한 남자는, 너무나 먼 길을 떠나와버렸다

늑대와 함께한 순간의 기억

늑대가 다가와 젖을 물리는 척 자기 배를
얼굴에 갖다댄다, 나의 목을 슬쩍 물었다 놓는다
그래도 연한 천처럼 슬그머니 찢어진다
작은 핏방울들이 찢어진 천 사이사이를 물들인다
발돋움한다, 붉은 하늘가, 능선의 입술
늑대는 교묘하게 미소를 감추며 모성을 발산한다
교미하듯 늑대는 더 강하게 목을 물고 당긴다
목이 찢어져 내장이 들여다보였다, 환했다
육정은 털이 붙은 단단한 발굽으로 배를 누른다
순간 살은 정말 허물없이 찢겨나갔다
마취된 인간의 이빨을 밀치며 힘없이 밀려 나갔다
정신을 잃었다, 어떻게 이 일이 기억났는지
그는 캄캄한 빌딩 사이의 허공을 쳐다보았다

토마토 사랑법

예쁜 토마토가 사람의 배 속에 들어가면 똥이 되어 나
온다니!
진정토록 귀여운 똥아,
사랑이 이렇게 오물을 뒤집어쓰고 나올 수 있을까?
그래야 다시 저 흙에서 향기로운 토마토를 키울 수 있
는 건가
봄날 어느 날,
사랑만 한 꼭 그녀의 사랑만 한 그녀의 알만 한
몸에 끼어도 터지지 않는 사랑의 토마토,
어떻게 저렇게까지 몸과 잎을 바꾸어 밭에 걸릴 수 있
을까?

손의 존재

  손은 굳게 닫혀 있다
안에서 박음질되고 밖에서 눌러 다렸다
어떤 빗방울도 빛도 스며들지 못한다
고기압의 손이 무겁다 우울해진다
손이 팔에서 나왔다 팔은 뇌에서 나왔다

  저 멀고 높은 곳에서 명령은 내려온다
그 문서와 존재는 볼 수 없다
거대 파동의 고주파를 볼 수 없듯
멀리 여자의 손바닥만 한 흰 공이
절규하며 빛을 뚫고 하늘로 날아오른다

  계속 몇 번째의 손을 말아 던졌는가
쥔 손은 언제나 펼쳐지고 공은 날아간다
공을 찢어 네 뺨을 때리고 싶다
인간의 손과 박쥐의 날개는 상동형질
아비는 같지만 하는 짓은 무관하다

유리체를 통과하다

눈 밖에 나 있는 존재들
직접 들어올 수 없지만 직립의 낯선 빛은
무한의 깊이로 창을 통과한다,
선 채 밑바닥 없이 붙어 염파를 뒤흔든다
빛의 얼굴 밑으로 나는 나를 집어넣으려 한다
조용히 착상하는 피안의 그림자 정원
상공을 건너와, 평면이 되는 빛바닥
먼지처럼 한번 슥, 얼굴을 쓰다듬지만 손바닥으로
너는 즉시 나의 손등을 비춘다
어떤 간절한 마음도, 앞서 가는 광속의 예언도
너의 빛 위에 놓을 수가 없다
너는 이렇게, 직접 들어오지 않는다
다시 유리체를 통과하고 내 의식체를 비춘 뒤
되돌아 나오는 빛다발이 수없이 거쳐 가도
우리는 서로 다치지 않는다
나는 이미 너의 오랜 영혼에 매료되었고
창밖에 와 혼자 섰다

사슴의 뿔을 자르다 1

그는 두 손으로 사슴의 뿔을 움켜잡았다
뿔은 나무뿌리보다 단단했다
사육자가 눈을 뜨고 있는 사슴의 얼굴에 천을 던진다
나는 스텐 그릇을 받치고 한데를 본다
남자가 짧은 세톱으로 사슴뿔을 자르기 시작한다
맑은 가을의 그늘 속에서.
슬프고 거대한 사슴, 거세의 가을 추수 작업
나무 켜는 소리가 밑에서 들린다
순식간에 사슴의 얼굴은 피투성이가 된다
핏물이 흘러 솟았다, 작은 머리 속에서.
사슴이 숨을 몰아쉴 땐 피가 방울져 튀었다
사슴을 올라타고 있는 노인이 어이쿠 소리를 질렀다
사슴의 피가 가을물이 들었다
피투성이가 된 기술자는 커다란 뿔 두 개를 다 자르고
노끈으로 뿔 밑둥치를 꽁꽁 묶는다
나는 녹사(鹿舍)의 톱밥 위에 쓰러졌다

비가 그치다
―너무나 너무나 아름다운 시를 위하여

비가 오다가 멈추었다가 다시 오려고 꾸물거릴 때
영락없이 벌레가 된다 벌레가 뒷방으로 들어가 컴컴한
어둠 속에
몸을 구부리고 잠을 청한다
배춧잎이며 빨간 단풍, 구상나무 병충해 입은 살구나무,
그리고 우리집 주목인 소나무도 벌레가 되진 못한다 벌
레가
되지 못해 허공에 서서 빗방울을 맞는다, 빗방울 긋는
날은
얼마나 을씨년스러운지 말도 할 수가 없다
쌀독이 있는 골방 한구석을 파고 들어간다 그 사각의
구석을 밀어보지만
몸만 작아질 뿐, 쌀 그들은
층층이 쌓인 어둠 속에서 저 무시무시한 늦가을 빗소리
를 들으며
비를 피한다, 내 언어는 거기까지만 들어간다
어떤 나는 너무나 처참한 나머지 자신이 있다는 것을

안다

  칸나 흙뿌리 곁에도 박테리아들도 붙어 겨울잠을 시작
했을 때

  비가 그친 곳에 유리창이 깨어지고, 무지개가 사라진다

돌려받은 시계

깊은 곳이라면 깊은 곳
멀다고 하면 먼 곳 나도 찾아올 수 없는 곳
이 돌판 위에도 일 년 해는 서산에 지지 않고
마천루의 하늘에서 진다

입이 없다 나 말고 저 하늘의 첨탑들도
허공의 바람은 예언 없는 시대의 예언을 망각하고
차고 맵고 맑은 시간만 산정의 시계를 스친다
거대한 발걸음이 그들을 타고 넘는다
저녁 해는 벽면의 시계 속에 비정하게 사라진다

귀먹은 자들의 수사 저쪽 편집실
칸나가 침묵하는 법이라도 알았더라면
검은 가라몬드 체의 아라비아 열두 숫자만
흰 시계판 속에서 침묵의 끝을 물고 있다

시인의 사업
—양평에서

먹고사는 데 아무런 걱정이 없는 시인의 시는 어떤 것
인가

이런 제목의 시도 있을 수 있는가,

사회와 아무 상관이 없지만 유형(流刑)과 연결된 시인
들이

아닌 시인들이 있는가, 기이한 이름의 저 素月, 李箱으
로부터

그렇다면 지금까지 언어만을 매만지는

이 땅의 시인은 모두 사회적이며 심미적인 존재인가

이렇게 물어볼 수도 있는 것인가, 이것이 현대시의 영
예인가

그 숨은 영욕이 진정한 한 인간의 길이라고 말할 수 있
는가

무명 장님 시인의 꿈

혼자, 검은 안대 속에서 나는 말한다
컴컴한 한낮의 십 차선 건널목을 건널 때
이상한 바람에 등을 떠밀리듯
실명자들은 담소하며 미끄러지듯 걸어간다
뚜, 뚜 신호음에 촉각을 곤두세우며.

캄캄한 육체는 모든 것을 소리로 암기한다
지나간 것들은 다시 지워지지 않고 흔적을 남긴다
테이프 속에 쓰레기 소음조차 남기는
민얼굴에 검은 안대를 쓴 무명시인

눈이 쌓이는 적설량과 구두 굽의 높이를 재며
자신을 향해 보도블록을 걸어온다
공중을 날아오른 적막의 비명에 입 맞춘다
수런거리는 실명자들의 바람 속에서
나만 혼자 거리를 눈 뜨는 실명자이다

연금(軟禁) 생활자의 책

불구의 연금 생활자가 책을 읽는다
손은 앙상한 고목의 나뭇가지다
하얀 종이가 반사한다, 알 수 없는 글자들
회백질 밑에 눈곱과 치석이 끼었다
책이 움직인다, 공기처럼

연금 생활자의 의자가 움직인다, 못을 박은
나무 의자가 걷는다, 남자의 비서이다
광막지야의 풀밭에 안경 한 채가 남는다
동공 안은 텅, 비어간다
거대한 산은 어느새 뒤쪽에 가 있다

행방불명, 통각을 잃는다, 순간 속에
남자는 책 속으로 사라진다
책은 사각형이다, 책이 혼자 책을 읽는다
책 속에 안개가 피어난다
연금 생활자에게 책은 암흑이 되었다

단풍옷 한 벌

아무도 산발한 머리를 깎아주지 않아서
백로께서 옷 한 벌을 해 입혔다
아직도 소년의 슬픔이 묻어 있을 때.
양복점에서 만든 하늘색 와이셔츠를 받쳐 입고
제대로 양복 한 벌 해주었다, 나의 가을 선생께서
시 잘 쓰라고.

그래서 가을이 왔다,
꽃들처럼 고향을 잃어버린 도시의 명절 전에.

멀리 남으로는 못 가도 돌아서서 웃어 보이고 가는
내게 줄 수 있는 건 여기까지.
애잔한 한 번의 미소
그 옷 입고 하루 종일 걸켜 돌아다녔다
산들바람 앞선 나의 작은 단풍옷.

젠장, 자유란 이런 것

싸락눈 날리면 시인은 나타나 종일 술을 문다
술집은 농협금고 뒤쪽 해 짧은 창의 서향집
혀 짧은 소리만 들리는, 아무도 찾을 수 없는 곳

따라갈 수 없는 길은 이런 곳에 있었다
여자가 앉아 소피 보는 그믐의 뒤뜰
길에서 가장 먼 면사무소 옆, 눈 쌓인 곳
시인은 계정스런 자신을 막걸리와 바꾼다

눈 내리는데도 쉴 수 없는 삶은 자유가 아니다
어딘가를 수리해야 할 말들이 가득하지만
하늘의 흰 눈을 미리 밟고 옷을 챙겨 입는다
오늘은 시인이 술을 하는 날, 내게 술을 사는 날

장마 속의 푸른곰팡이

창문을 연다, 장마가 걷힌 오후가 하늘을 열 때
넘실거리는 검은 빛다발 아래 모여든
지느러미와 해파리들의 검은 물결과 은빛 물소리
뇌 속은 텅 빈 상공,
올라설 수 없는 위험한 허공에 바쳐졌는가
자연은 이미 꼭지를 따고 속을 열어젖힌 죽음의 두개골
동의도 없이 저 쓰레기장에 내다 버린 생의 내장들
상공에 은빛 UFO가 떠 있다,
장미 덩굴이 소스라친다, 공기가 수직으로 일어선다
삿대를 든 광대가 얼음 밧줄을 타고 건너간다
저 경황 속에서 우리를 온전히 꿰맬 수 없을까,
물웅덩이 앞에서 쳐다보는 인간의 헌 하늘
우리의 다 찢어진 사랑이란 이름의 옷가지들

인간적인, 전기의 문제

전기는 인간보다 인간적이다
시간이 흐르면 모든 인간은 판명된다
전기가 흐르고 있는 물을 만지려 한다
전기를 잡고 죽을 것이라고 예언한다
심야 헤드라이트처럼

물을 받아놓고 전기를…… 만질 수 있을까,
따뜻한 혼자의 마음을,
물속의 전기는 잡을 수 있을까, 가만히
유혹할 수 있을까, 혼자

전기가 나의 손을 놓치지 않을 수 있을까
옷에 전기가 흐른다
가장 가까운 상상처럼, 24시 밖의 고도처럼
심야 전기를 받는 스위치를 의식한다
생은 늘 전기의 문제에 봉착한다

제국 도시의 밤

어지러운 발자국 소리들이 찍히는 복도
복도, 도시 굉음의 먼지들이 귓속을 복제한다
복도, 빌딩 지하의 물소리는 부정을 세탁한다
복도, 깨끗한 물속에 숨어버린 은어(銀魚)들
안에 불을 켠 채 청색 블라인드를 내린다
마천루는 컴컴한 상공 속에서 눈을 감고
안대를 감은 한 광상(狂想)의 추상화가가
빚이 싫은 전갈의 도시를 개칠한다
도시는 온통 음모로 수놓기 시작했다
복도, 혼자 어둠 속을 걸어가는 독식의 시간만이
복도, 저 어린 것들의 새벽이다 슬프도록 아름다운
복도, 견딜 수 없는 치욕 속에서 구토 속에서
참방참방, 은어는 물방울 삼각형의
더러운 물을 튀기며 몸을 섞기 시작한다

황금박쥐가 부패를 막는다
—저녁 쉐다곤을 바라보며

그들의 삶 외 모든 것이 부패했지만
황금타워는 부패하지 않는다
부패할 시간이 없다 너무 빨리 부패하기 때문에
외계 같은 기이한 도시
숲의 벌레들만 꽃을 대신해서 울어준다
낯선 이방인에게

부패한 것은 더 이상 부패하지 않는다
의외의 어리석음이 빛나는 타워는 태양 편에 서 있다
어떤 일말의 암시도 의문도 없는 인간들
나만이 소외된 그들의 자국

어리석음만 부패하지 않는다
부패하고 닳기 전에 황금종이는 어느새 뛰어와
부패한 상처를 때워준다
시인이여 어찌 황금의 마음이 부패할까
조심할 것, 황금종이가 떨어지지 않도록!

부서지는 명태 대가리

속초에서 온 북어들,
그 대가리 얼마나 깡깡 말랐는지
덥석 물더니 퍼석 하고 부서졌다
코다리 한 명태 대가리는 어떤 고난도 받았다
겨울밤 삭풍의 북풍받이
귀밑 지느러미도 눈, 코, 입도 본태대로 검하다
시단에서 저만큼 통쾌한 소리를 들은 일이 없다
한입에 부서지는 명태 대가리를 꿀꺽 삼키고
꿈인 양 눈만 껌벅이며 나를 쳐다보는
칠년지기 도베르만*

---

* 이름은 공주. 서울 아파트에서 유년을 보냈고 개화산 모 부대에서 군견
  으로 있다가 송현리 245-8번지로 올 때 함께 와서 한 시인과 같이 살고
  있다.

카메라

보자기를 뒤집어쓴 인간

팔천 분의 일 초에 닫지 않으면
필름을 건너지 못한 채 빛은 휘어지고 흩어진다
은어들이 사라지기 전 열자마자 끊는다
긴 대화를 거리에서 나누는 건 위험한 일

누가 먼저 돌아서는가, 아직도 문제로 남아 있다
그 인간의 내장 속에 들어가면 그만,
나는 철컥, 하고 떨어지는 저 소리가 제일 무섭다
블랙박스 안에서 한 줌의 재라도 건지려면,
한 초점에 들어와 동공 안에 빛그물을 던지고
즉시 환한 소리로 인식할 것,

홍채만 한 물구멍으로 너의 혀끝까지 들어가면
이미 문은 철컥, 닫히고 어둠
오늘도 한 짐승 눈 닫고 불을 끈다

통화(通化) 시편
—심창만 시인에게

통화에 편지를 쓴다
얼어붙은 통화, 이제 다 왔다
검은 구름 넘어와 도시 하늘에서 웅얼대던
가도 가도 구릉이다 네가 퉁 나타났다
한국은 멀어지고 이방은 넓어져
어디 있는 나라인지 한국은 보이지도 않았다
나의 언어는 그대와 둘만 사용하는 것
알아들을 수 없는 말들이 소란해도
아는 척 한눈을 팔면서 앉아 있는 대합실
남의 나라에서 소곤소곤 속삭인다
통화인도 우리말이 무서운가 피해 간다
언제나 낯선 자란 무서운 법
한낮에 도착한 눈도 오지 않는 메마른 통화
지상에 너처럼 그리운 이름도 없다
우리는 다시 돌아갈 수 없는 과거의 이름
북방 저 안쪽, 이제 다 왔다
오래된 무서운 통화

북극

우리집 마당은
눈이 녹아 흙이 드러난 북극의 검은 머리 같다
얼룩거리고, 갈증 같고, 비가 올 것 같다
그리고, 그리고 또 뭐라고 할까,
모든 것이 끝나버린 뒤의
저 어른거리는 건양(建陽)의, 서서 들어오는 빛들은,
빛의 새들이라 할까, 창자라고 할까,
태양의 완성이라고 할까,
흙 묻어 더러워진 눈
그 지구 지각을 뚫고 풀의 용들이 솟아 나온다
마른명태 같은 검은 슬픔의 울음소리로

누가 꽂아두고 가버린, 푯대의 깃폭 하나로 펄럭이는,
북극의 봄
그 파괴된 흙에 닿아 있다

풀쐐기

나뭇잎은 땀을 흘리지 않는다
무더운 여름 가지 그늘을 건너가는 풀쐐기
풀쐐기는 온통 풀쐐기에 쏘였다
공변세포 위에서 너는 간지럽지도 않다
물소리만 방울진다

겨울에 있었던 여름, 여름이 없는 여름
여름은 여름이란 언어의 사원 속에 계신다
여름은 목욕하지 않는다
여름은 한여름 눈꺼풀 위에 누워 보낸다

당신 흉내로 나도 풀쐐기에 쐬고 싶었다
풀쐐기를 잡아다 팔 위에 올려놓는다
아무리 입김을 쐬어도
풀쐐기는 나를 쏘지 않는다, 나의 팔오금은
아쉽다, 일없이 한여름을 보낸 일

아리고 슬펐을 풀쐐기 가을바람
뚝, 풀쐐기는 늘 자신만 쏘고 간다
풀쐐기 독은 풀쐐기가 다 가지고 갔다
눈바람 부는 오후, 풀과 풀쐐기를 생각한다

비명 지르는 북두칠성

경기 동부의
북두칠성 같은 염기서열의 한 유전자는
긴 팔을 하늘에 걸치고 어디로 돌아가고 있는가,
중력의 강은 히말라야의 콜라처럼 한곳으로만
흐르지 않는다
반대쪽 하늘에서 보는 저 북극성 때문에!

사슬의 비명이 울리는 거대한 팔을
나의 언어는 북두칠성이라고 표기하고 북두칠성이라
발음한다
까마득한 침묵의 밤,
캄캄한 절벽 위에서 존재는 무정으로 번역되고
그의 나는 거대한 팔을 구부려 거둬들인다

그믐밤의 장님

그믐밤의 나는 장님이다
나는 밤이 되고 밤은 장님이다
빛이 존재하는 곳이라곤 없다
반지를 만져본다, 그믐이다
어둠이 깊숙이 안쪽까지 박혀 있다
여기 손가락은 굼벵이처럼
밤은 강고한 영하의 활엽 교목
접붙인 활착이 팔을 뻗는다
밤은 광석만큼 단단하다

밤, 화신백화점 앞에서

사자(死者)는 아직도 화신백화점 앞에 서 있다
모든 시대가 지나갔지만 그곳에서 서성인다
동전만 한 가등의 동공은 움직일 줄 모른다
한 주먹 심장수축이 그려대는 심전도,
어떤 언어의 회로가 막혀버린 묵과의 거리
버전이 다른 길에서 발견된
죽음의 발자국
이 사회엔 분노를 견디는 다른 세력들이 있다
시간을 착취하고 성찰케 하는 인물들,
눈곱만 한 기술이 도시의 모든 길을 바꿔놓았다
말의 권력, 유령들의 집단
도시가 꿈꾸는, 백화점이 사라진 꿈의 거리
피투성이 된 유리창은 동공 속을 지나간다
저 지척의 길은 영겁의 길보다 더 멀다

문 닫히는 소리, 쾅

미워지면 그가 없어도 그가 있던 거리도 싫어진다

아무리 가르쳐도 소용없는 본능의 블랙박스는 있다

그가 서 있거나 지켜보거나 지나가며 본 공간이

문을 닫는다, 쾅, 쾅

나는 그녀를 추방하고 나도 자리를 뜬다, 해도 들지 않

는 그곳

집도 언어도 꽃, 개, 마당도 책도 없다

그곳은 무(無)이다

죽음의 나뭇가지들만 죽음의 그늘 밑에서 흔들린다

메타포도 그 흔한 일상어도, 미소도 은약도 장난도 유

머도 없다

시가 갖춰졌을 리 없다

잔인한 계절이 가고, 모든 존재의 반란이 일어난다

너를 반역하고 기억하는 유일한 방법은 문

쾅 닫는 소리뿐, 등 뒤엔 없다, 어리석은 자의 망막

그가 나를 옹호하고 소외한 눈보라를 헬 수 없다

쾅, 쾅 모든 셔터가 내려진다

사슴의 뿔을 자르다 2

양수와 피로 얼룩진 온 얼굴과 등과 다리를
닦아낸다, 증거 인멸된 출생의 비밀을
올 때도 복잡하게 오더니 갈 때도 말이 아니겠군
머리와 두 팔꿈치와 무릎을 동그랗게 오그린 채
곤충처럼 죄처럼 돌처럼, 그 모체의 산도를 너덜너덜
빠져나올 땐, 또 돌아갈 땐.
온몸이 찢어지는 한 마리의 발가벗은 곤충 같은 얼굴
깜짝 놀란 차가운 울음 덩어리,
그대가 지혜를 쌓고 새로운 옹알이의 문을 열어도
꿈을 음송해줄 언어가 없는 검은 하늘
올 때 피투성이 지옥 같더니 갈 땐 더 형편없겠군
뚝 울음을 그친 검은 성의 메커니즘 속에서

염좌나무의 그날 아침

설 차례를 지내고 화분을 옮긴다
염좌나무의 생일은 언제일까, 계보를 찾는다
염좌나무는 모른다,
눈 떠, 염좌나무. 수년째 꽃을 피우지 않은 꽃은
더 먼 시간 저쪽에 기다리고 있을게
염좌나무. 그대 아래 떨어진 잎이 선다
하아 염좌나무와 똑같은 2센티미터의 염좌나무.
화분에 서 있다,
해가 가고 해가 오는 설날 아침 새 햇살 저쪽
염좌나무 잎에 한 살이 붙고 있다

크리스마스 리스

단풍 여자들과
저 기술사회의 산적들이 다 지나가고
상청*을 바라보는 마가목 열매는,
크리스마스 리스를 달았다
아무도 몰래
설악산에 눈이 세 번 내리면,
속초에 눈이 온단다
난바다도 까마귀 눈에도 길에도
공기보다 가벼워도 지상으로 떨어지는
새하얀 키스 같은 흰새눈
바람 여자들과.

---

* 상청(上靑)은 대청봉의 별명(別名). 흰새눈은 처음 오는 희디흰 첫눈이다.

지독하게 춥고 우울한 날
—장자(莊子)의 무익생(無益生)을 읽는 날

어쩌나 육신을 무겁게 내리누르는지
정육점, 포목점 저녁을 한 바퀴 돌았다
동향의 벽에 커다란 문어 한 마리가
박제되어 펼쳐진 벵골호랑이처럼 걸려 있다
체를 뒤집어쓴 것처럼

수런대는 발소리에 빗소리가 섞인다
도심엔 진눈깨비가 날리고
생 안에선 아무 기척도 들려오지 않는다
신장은 웅크린 채 등 뒤에 있을 뿐
저녁 속에 모두 소용없는 생을 걷는다
쓸데가 없는 생은 다 어디로 가는가

신성한 코끼리

초지 전방 축사, 황금 코끼리 두 마리
　　전진 스텝, 후진 스텝을 반복한다
두 남자는 차양 아래 나란히 앉았다
　　먼 삶 끝의 그 꿈과 현실은
　　햇살과 뒤섞인 건초 내로 반죽된다
시간들은 태초부터 지나가는 것
　　그 하나의 시간은 도착하지 않았다
　　연금 시인은 태양으로 저녁을 꿰맞춘다
그때, 남자는 2층 높이 황금 코끼리가
굵은 쇠사슬에 묶인 것을 발견한다
　　쿵, 쿵 치욕의 똥을 바닥에 떨구면서
　　코끼리는 보행을 계속한다
한 남자는 눈 감고 한 남자는 눈 뜬다
　　코끼리는 망각의 노래를 시작했다
어느 날, 남자는 혼자 울기 시작했다

죽음 밖에서

죽음 밖에서 누군가 드라이버를 돌린다
불쾌한 소리, 뿌지직뿌지직 뼈가 부서져 나가는 소리
너와 나, 생과 사, 안과 밖, 있음과 없음이
피아와 생사, 내외와 유무로 개념이 단축되면서
우리의 생은 임시방편을 겨우 면피한다
시간은 언제 저 거대한 상공의 빌딩들을 넘을 것인가

저 거대 도시도 저 임시방편의 존재들도
잠시잠시 살아 있는 동안, 드라이버로 돌려 꿰맞춘
공전하는 지구 위의 헐거일 뿐,
하늘로 웅성거리는 불안한 직립의 설계
태허 속에 고층빌딩들은 아가리를 벌리고 뛰어오른다
비좁은 죽음의 안쪽에서
누군가 쓸데없이 드라이버를 돌리고 있다

마지막 도시의 창상(創傷)

겨울비에 젖는 누덕지고 오래된 도시
아직도 그들이 살고 있는 도시 뒤쪽
몇 개의 동공이 열렸다 닫힌다
그 후사경의 배경은 모두 금이 갔다
멍하니 창밖을 내다보는 사람들
모두가 헤어졌거나 다시 만난 사람들
자신을 자신이 보고 있는 몰골들
새로워지는 것은 늙어가는 것뿐
뚜, 뚜 건널목 차단기가 내려온다
지붕 없이 젖는 아픈 도시의 거리에서
어이하리, 밤눈이 시작한다,
또 꿰매는 도시의 상공을 쳐다보면
검은 동공 속, 창상의 눈이 쌓인다
불타다 뒹구는 검은 기억의 도심 한쪽
한 영혼은 이 거리를 떠나고 없다

또, 설악산

나의 책에서는 일억 년 전
칠백 봉우리의 설악산이 터져 나왔어요
오 어떻게?
꾸물꾸물 이 세상에 없는 형용사를 사용했죠
부굴부굴 용암이 마르면서 연기가 나고
산불이 터지고,
암흑 구름에 비 치고 불이 하늘을 날았죠
짐승들은 우루루우루루 도망 다니고
모성과 귀소를 깨닫게 되었죠
오, 저 큰 설악산이 연기로 가득했겠구만
그래서 책이 다 타버렸죠

시간을 본다

어둑한 저녁 뒤뜰
아무도 서 있지 않는 흙구덩이, 옥수숫대
도채비처럼 이매처럼 귀신들처럼…… 아주
길고·커다란 잎사귀를 아래로 내려뜨린 채,

집보다 큰 치트완*의 코끼리들 코처럼
흔들흔들 거대한 지구의 꿈을
유리병 속에 가둔 채로 뒤흔들다 뚝, 멈춘다
어둑한 저녁 뒤뜰, 혼자 있는 집의 나
거울 속에 차가운 석조(夕潮)의 어둠이 내려와
벽에 붙어 서 있다

날아갈 듯, 풀쐐기만 한 평면 무늬의
거울 밖
인간의 흉터에서 내다보는 지구의 흉터

---

* 치트완은 네팔의 국립공원이 있는 지역이다.

혼돈의 신이 찾아오다
—붕란(鵬亂)을 위한 ps

캄캄한 겨울밤
잠근 문을 따지도 않고 열어젖혔다
엉망진창의 형상의 그 검은 혼돈이 뛰어들어왔다
그의 몸엔 온갖 쓰레기와 먼지들이 달라붙은 채
집이 무너질 듯
소리치고 펄럭였다
내 얼굴에 고함을 질렀다, 네가 나를 찾은 놈이냐
예 그렇습니다 하고 대답하자
머리채를 잡고 뒤로 젖히더니 나를 내려다보았다
무시무시한 전율 속에서 예 그렇습니다
나는 얼른 대답했다

뒤란에 눈 오는군
―이십 대의 나에게

또 한 세월이 가고, 또 한 세월이 오는구나,

어쩔 수 없이. 모든 것을 지우고. 다시 시작하려고. 자
연도.

한 방에 모든 문을 닫고, 모든 말문을 닫아거는구나,

우주보다 커다란 시간의 자물쇠로.

아버지로부터 물려받은 이미 늙어가는 뼈 속까지 눈이
날린다,

너무나도 허무하고 가볍게,

뒤란에 날리는 찢어진 누더기의 회색 하늘엔.

이 흰 강설의 분분함과

슬픔의 유전과 세월은, 어느 정신에게도 상창(上唱)되지
못한다.

아 어쩌지, 프란츠 카프카의 성(城)
—1960년대 후반

프란츠 카프카의 성이 보이는 도시
축항 뒤쪽 신작로, 문고만 한 중앙서점
이웃의 손톱이 귀를 긁던 청색증의 하늘
소도시의 불빛을 지우고 본다,
백설악의 희미한 능선이 흔들리는 것을
청춘은 통곡하기 시작한다,
객지가 마신 모든 슬픔의 술이 올라온다
궁, 궁, 궁, 옛 달빛이 쏟아진다
축항 속의 눈물겨운 파광, 죽음의 언어
아 어쩌지 프란츠 카프카의 산
뒤쪽 후생이 가장 애달픈 나의 그리움
죽음의 세월 속을 나는 건너간다

그의 잠지를 잡고

민자역사 3층 공중화장실에 나타나 소변을 본다
묘하게 도시에서 거울을 볼 때는 이때뿐이다
단추를 열고 잠지를 꺼내 잡는다, 손가락 끝에
한 여자의 영육을 휘어잡던 작은 고물 같은 물건이 잡
힌다
남자는 피식 거울 속의 눈주름을 비웃는다
그러고 기억하고 생각한다, 청춘이라는 것에 대해
남자는 몸서리를 친다, 거울과 변기에서 떨어져 나온다
손가락을 씻고 두꺼운 티슈로 물기를 닦아
쓰레기통에 버리고, 에스컬레이터 쪽의 유리문을 밀고
빠져나간다, 죽지 않는 한 며칠 뒤 다시 올 것이다
잠지와 화장실은 서로 망각한다, 도시는 으르렁대고
오늘은 이것만이 나의 시가 된다

개기월식 2
—지평, 2011년 12월

우주가 하늘의 가등을 꺼버렸다
돌연 밖이 캄캄해진 지구의 한쪽
태양 빛을 받아 마당을 비추던 언어가
사라졌다, 지혜의 책도 함께 사라진다
지구권을 건너는 달이
먹통의 카메라 속에 쾅 굴러떨어진다
가끔은 하늘의 밤이라도 보아야 한다
지구가 천공의 가리개를 덮은 채
통째 달을 삼키는 목덜미
자기 눈동자 속에 달을 집어넣었다
이렇게 한 번씩은 안아주어야 한다
멋대로 떠돌지 않게 하기 위해 그리고
너무 오래 잊지 않기 위해
저 아무것도 없는 하늘에서도

그녀의 가운 2

그녀의 가운에는 핏물이 묻어 있다
죽음의 냄새가 풍긴다
꽃이 피었다 진 자리는 까맣게 탔다
가운은 자신을 껴안은 채 잠든다
가운엔 고통이 숨어 있다
의사는 퇴근하고 늙은 간호사 혼자
잠든 암 옆에 졸고 있다
젊은 시인의 시집을 펼쳐 든 채
멀리 무서운 새벽이 개안하고 있는
청춘들이 지나간 첫새벽
지구를 찾아오는 생명들이 울고 있다

평면의 지옥

절망의 계단은 위로만 향해 있다
나선형 사다리 끝에서의 절규
자살하거나 견디거나 둘 중 하나
그 외의 존재 방식은 없다,
잠금장치는 서로 덜커덕덜커덕,
저 안쪽과 저 바깥쪽에서.
두 물질은 합금을 원치 않는다
역시 두 두뇌도 분리를 원한다
역시 무서운 입자와 파동
물질로 구성된 불행한 새가,
죽은 언어 속에 빠져 날갯짓한다
찢어진 날개의 천변만화는
기억이 없는 데옥시리보 핵산의
나선형 사다리 끝에서 죽는다.

하하하, 바보 달밤

하늘엔 새하얀 기류들, 달은 구름 밖
UFO 한 대가 소리 없이 지나간다
남자는 길을 멈추고 상공을 바라본다
전율적인 곡선의 빛, 새 바람
풀잎만 남고 모든 것은 텅 비워졌다
흔들림 속에 형해는 간곳없다
인간은 마지막 언어를 중얼이고 있다
흔들림의 지속이 왔다 간 뒤,
멀리 낮은 하늘에서 UFO 1이 번쩍,
월광 속으로 소리 없이 사라진다
저 지구의 하늘, 모든 게 잘될 것이다

발문 · 시인의 말

고형렬의 대붕

황현산 문학평론가

고형렬은 대붕이다. 그 날개가 크고 넓은 바다를 덮기 때문이 아니라 그가 「우리나라 새」이기 때문이다. 이 모욕과 공포의 세상에 와서 무엇 한 가지라도 깊이 알려고 애쓰고, 바람 부는 가지에서 작은 몸이 시달려도 구차하지 않고 저 자신을 불쌍히 여기지 않기 때문이다. 몸에는 상처가 많고 마음에는 나쁜 기억이 있다. 아침의 햇살은 그를 위로하지만 날마다 다시 추슬러야 하는 그 해진 날개 밑의 바다도 보여준다. 그 가슴속에 품은 크고도 미세한 시선이 아니라면 닳아진 깃을 다시 꿰맬 힘을 어디서 얻을 것인가. 새의 눈은 높은 데서 멀리 보기를 갈망하고 낮은 데서 더 낮은 데로 내려가기를 결심한다.

그가 큰 새가 되어 멀리 또는 깊이 날 수 있는 것은 그 인격이 출중하고 너그럽기 때문이 아니라 「지구, 한 컵의 물」을 잘 마실 줄 알기 때문이다. 물은 그가 하루 종일 밟은 땅에서 올라와 그의 입술과 혀를 적시고 온몸으로 내려가 세포 하나하나에 닿는다. 근육이, 내장이, 세포들이 기진할 때, 정신도 메마름의 끝에 이른다. 영혼이 잠시 목을 축이게 되는 이 물이 신성한 것도, 그가 두려움에 떨며 한 컵의 물을 손에 들게 되는 것도 그 물을 마시는 순간이 곧 절망의 시간이기 때문이다. 먼 길을 가는 그에게 한 컵의 물은 그 혜택의 길이만큼 절망을 앞으로 밀어놓는다. 물 한 컵이 절망의 끝자락을 밟으며 그를 앞서서 간다. 자신이 밟은, 밟아갈 땅에서 올라온 물을 절망적으로, 다시 말해서 결사적으로 마시는 사람보다 물을 더 잘 마시는 사람은 없다.

그러나 물 한 컵이 앞으로 밀어내는 절망의 거리가 비록 짧아도 하루의 해를 보낸 그 대가가 늘 쉽게 얻어지는 것도 아니고 늘 쉽게 섭취되는 것도 아니다. 그것은 새 각목에 망치로 못을 박거나 십자못 대가리에 십자드라이버의 입술을 물려 돌리는 것과 같을 때가 많다. 나무에 박아 넣는 못이 제 몸의 뼈 속까지 다시 돌아와 멈추고 나서야, 한 개의 고등식물과 못 박는 사람의 몸이 그렇게 한 몸이 된다. 나무의 목질이 아픈 소리를 내며 찢어질 때, 나무의 골육을 자신의 골육으로 받아들이기 위해 그는 신음하며 아귀에 힘을 준다. 이 일이 불완전하게 완성될 뿐이라 해도 먼 하늘의 순백한 눈이 그 둘레에 내려앉고, 그는 비로소 「십자못과 십자드라이버의 노래」를 부른다. 제 날개깃을 날마다 다시 꿰매는 자가 자기를 넘어뜨리고 지혜 하나를 영접하는 일이 이렇게 모질다. 절망의 맨 끝에 선 존재만이 제 몸에 못을 박아 제 절망을 거기에 걸 줄 안다. 한 권의 책을 맹렬하게 읽은 적이 있는 사람은 이 은유를 이해할 것이며, 못 박기는 물 마시기의 현실론이자 각론이라고 말할 것이다.

그는 어디까지 갈 수 있을까. 또는, 어디로 가는가. 우리 시대에 제가 어디로 가는지 알려고 하는 사람은 드물다. 자기가 누구보다 앞에 서 있는지, 누가 뒤에 따라 오는지를 염려하는 시간이 너무 길다. 더 높이 쌓아 올리기가 더 신성한 일이 되는, 그래서 「한 고층빌딩의 영지(靈地)」가 가능하다고 믿는 이 세계에 사람이 사람을 사랑하는 애인은 없다. 그것은 단지 빈말일 뿐이다. 다 아는 이야기지만, 경쟁의 차선에서 뒤처지지 않는 일보다 거기서 한 걸음을 벗어나는 일이 더 어렵다. 어느 날 고형렬은 지하철의 지하 계단을 올라가다가 '계단에서도 웃을 수 있다'는 말을 읽은 적이 있다. 「나는 계단에서 웃을 수 있다?」 더 높이 올라간 자만 계단에서 웃을 수 있는 것은 아니다. 다 올라간 계단 끝에 기쁜 일이 기다리고 있는 자만 웃을 수 있는 것도 아니다. 가장 짐승적인 것을 영원히 감춰버리고 늘 상냥한 표정을 짓는 자만이 계단에서 헛된 웃음을 흘릴 수 있는 것도 아니다. 그 모든 것이 토악질이 나는 일인 것을 익히 아는 새는, 인간의 탈을 즉시 바꿔 쓴 직립의 새들이 건너편 승강장으로 날아가기 시작할 때, 구토를 누르고 계단에서 잠시 웃을 수 있다. 그가 어디로 가는지는 말할 수 없어도, 이 웃음의 순간에 그가 멋모르고 가던 길에서 벗어날 수 있다는 것만은 분명하게 말할 수 있다.

　웃음은 빠져나가기 어려운 음모에 맞서는, 또는 맞서지 않는, 가장 효과적인 저항이다. 왜 입자나 파장이었던 것들은 물질의 형태를 둘러썼을까. 왜 미진들은 유기질이 되려고 애썼을까. 유기질은 왜 체계가 되려고 했을까 체계는 왜 더욱 복잡한 체계를 만드는 일에 봉사했을까, 왜 데옥시리보 핵산 같은 것으로 제 복잡함을 기록해두려 했을까. 왜 유전자는 저 자신을 복제하여 기를 쓰고 퍼뜨리려 할까. 한 인간이 아무리 다양한 표정을 지어도 그 비밀은 간단하다. 그 표정 뒤에는 한 여자의 초상이 박혀 있고, 그 얼굴에 아무리 난해한 어둠이 덮여 있어도 다른 존재로 인쇄될 시간을 기다릴 뿐이다. 문화도, 교육도, 평화와 전쟁도 이 유전자의 인쇄를 돕기 위한 것이 아니라면 이 도시를 떠도는 흰 구름의 거짓말에 지나지 않는다. 그것이「K의 비밀」이며 우리의 비밀이다. 시인은 늑대를 만났다. 늑대가 다가와 젖을 물리는 척 시인의 목을 찢어 내장이 훤히 드려다 보이게 하였다. 이렇게「늑대와 함께한 순간의 기억」에 그의 살이 허물 없이 찢겨나갔다. 늑대는 한 남자를 성욕의 포로로 삼는 여자만을 가리키지 않는다. 우리를 이 고해 속에 헤매게 하고, 차선을 그어놓고 무작정 달리게 하고, 고층빌딩을 쌓아올리고 그 계단에서 무턱대고 친절을 베풀게 한 어떤 음모의 사슬도 거기 있다. 해방은 가능한가. 끔찍한 성욕의 함정 속에서 허우적이던 두 사람이 데옥시리보 핵산의 나선형 사다리 위에서 미래에 태어날 복제 존재의 울음소리를 벌써 들을 때, 또는 나는 왜 이 덫에 걸려 있느냐고 울음 섞인 질문을 저에게 던질 때, 그들을 가두었던 정염의 시간이 광속으로 빠져나가는「거세(去勢)의 시간」이 있다. 그러나 이 거세는 덧없다. 육체가 팽창되어 몸 하나를 베틀에서 다시 짤 시간이 어김없이 찾아온다. 그들은 아직 웃을 수 없다.

　늙은 남녀가 청춘으로 돌아간다면, 아직 존재하지 않는 인간들을 있게 할 필요가 없는데도, 미래의 인간에게 축복이 아닌 가시밭길을 열어줄 권리와 의무가 없는데도, 이「피임 사회」에서 그래도 결혼할 이유를 들먹이며, 우리가 한 여자와 남자로 살아가며, 고달픈 사람의 몸을 서로에게 굴릴 수 있을까. 시인은 이 질문을 "진담(珍談) 아닌 유머"라고 말하지만, 유전자의 음모와 명령을 떠나서도 사랑이 가능할 것인가, 좋은 이름을 지닌 다른 모든 가치가 가능할 것인가를 실은 진담으로 묻는다. 진담이 유머가 되는 것은 아직 마음 놓고 웃을 수 없기 때문이며, 거기 관련된 문제가 그만큼 심각하기 때문이다.

아직 숨 쉬는 탯줄을 달고 무서운 여자의 음부에서 피투성이 비명을 지르며 태어나는 아기가 있다. 아이는 그렇게 여자에게서 떠나 또 하나의 여자를 만난다. 그는 폭력적으로 여자에게 다시 돌아가려 하나 너무나 먼 길을 떠나와버렸다. 그는「여자에게 돌아가지 않는다」. 이 먼 거리는 어머니와 아들의 거리만을 뜻하지 않는다. 여기에는 저 입자나 파장에서부터 원시 생명체를 거쳐. 데옥시리보 핵산으로 저를 인쇄하며, 인간이라는 이 욕망의 기계가 될 때까지 한 존재가 걸어온 티끌의 긴 시간이 있다. 첫발을 잘못 디뎌 발목을 잡힌 덫의 구조가 그만큼 철저했다. 그 먼지 속을 그만큼 오래 걸어왔다. 절망의 순간마다 한 컵의 물을 마시며 제 몸에 고등식물을 못 박아 지혜를 영접하는 사람은 그 길을 거슬러 갈 수 있을까. 시「빗소리」의 전문을 적는다.

> 망각의 물방울이 하나씩,
> 우리집에 와서 떨어지는 소리가 들린다
> 데코와 화단, 유리창, 지붕의 스카이 접시와
> 먼 길을 날아오면서
> 습기와 언어와, 향정신성 풀잎의 향긋한 초록빛
> 바다 너머 농장과 도시의 맨홀 내부까지

그 티끌과 바람을 주머니에 넣고

거대 빌딩군을 덮쳐 폭우의 후각으로 냄새를 맡은 다음,

언제나 헐벗은 몸을 벗어놓고, 다시

저 빗방울들 수런대는 소리를 들을 수 있을까

투명한 부정형 물방울의 기다란 눈물로서

흔들리는 공중일 수 있을까

겨울을 벗는 버들가지 새처럼 추워

지금도 소나기 지는 한낮의 황급한 귀로에

떨어지는 풀잎들의 한숨과 나뭇가지들만

봉지를 치며 뜯고 있다

_「빗소리」 전문

　휴식과 평화의 시간이다. 욕망은 망각으로 씻기고, 상처 입은 육체와 나쁜 기억에 시달리는 마음은 투명한 부정형의 눈물방울로 허물을 벗는다. 이 성스러운 정화까지 어떤 음모의 기획이며 이미 결정된 우리의 운명이라고 심술궂은 학자들은 필경 말할 것이다. 운명의 그물은 빈틈이 없다. 그러나 운명과 그 조건들이 아니라면 우리가 이용할 수 있는 것이 무엇인가. 우리가 애써 얻은 평화와 사랑과 정의를 저 음모의 그물망이 미끼로 이용할 때, 시인은 평화와 사랑과 정의를 위해 저 음모의 그물망을 이용하려 한다. 이 휴식의 순간에 그는 웃는다. 우리가 이기적이 아닐 수 있다고 말하면서, 높이 날아 멀리 보기를 갈망하고 낮게 날아 더 낮은 데로 내려가려는 결심으로 그 증거를 하나씩 만들어내는 일보다 더 장쾌한 일이 어디 있는가. 고형렬이 대붕인 이유가 거기 있다.

4년 전 한 시골로 내려와 파묻혀 살면서 나는 낯선 나를 만들고 싶었다. 야릇한 절망의 끝이 만져졌다. 나에 대한 반성과 반작용의 작업들이 내 어두운 눈구멍을 활짝 열어주길 바란다.

감히, 그리고 어느새, 육십(六十) 앞에 왔다. 천변을 겪고 만화를 맞는 이 새로운 전이(轉移)와 인식은 '이사'이다. 이 강을 건너간 쟁쟁한 시인들은 무언가를 한 가지씩 얻어간 것으로 안다. 초월하고 번지고 생략되어 사라지는 물빛 같은 정신의 언어들이 부러울 따름이다.

찢어진 눈 밖에 창상(創傷)은 수많은데 해결(解決)은 없다. 아직도 시는 이 렌즈에서 시작하고 끝날 수밖에 없다. 한 덩이 혼돈의 떡을 108개로 떼어 다시 하나로 묶은 이것은 어둡고 불분명한 의식의 파편들이다. 이것들이 어쩌다 내가 찾은 나의 정체와 분신이다.

시란 무엇인가. 33년 써왔지만 나는 시의 불가지론을 믿는다. 이 부지(不知)가 시를 쓰는 안타까운 마음이다. 길을 모르고 걸어왔으니까 앞길도 모르고 걸어갈 것이다.

어제의 나의 시를 버리고 자신의 길을 혼자 가는 시를 따라간다.

이 악몽의 시들은 모두 신작이다. 언어에 속도를 내면서 시의 강박으로부터 자유롭고자 하였다. 끊어질 순 없는, 무사(無事)의 우둔처럼, 일성순(一成純)의 자연에서 뒹굴길 바란다.

—2012년 지평(砥平) 갈지산 밑에서, 고형렬